謙遜的土地

萧骏琪 著

江西高校出版社
JIANGXI UNIVERSITIES AND COLLEGES PRESS
南昌

图书在版编目(CIP)数据

谦逊的土地/萧骏琪著. -- 南昌 : 江西高校出版社, 2025. 1. -- ISBN 978 -7 -5762 -5708 -3

Ⅰ. I267

中国国家版本馆 CIP 数据核字第 2024A0V308 号

策划编辑	陈永林	责任编辑	王良辉
装帧设计	辉汉文化	责任印制	涂　亮

出版发行	江西高校出版社
社　　址	江西省南昌市洪都北大道 96 号
邮政编码	330046
总编室电话	0791 -88504319
销售电话	0791 -88511423
网　　址	www. juacp. com
印　　刷	永清县晔盛亚胶印有限公司
经　　销	全国新华书店
开　　本	880 mm×1230 mm　1/32
印　　张	7. 375
字　　数	190 千字
版　　次	2025 年 1 月第 1 版
印　　次	2025 年 1 月第 1 次印刷
书　　号	ISBN 978 -7 -5762 -5708 -3
定　　价	75. 00 元

赣版权登字 -07 -2024 -1106

杨远新：美人窝里美人多（序一）

——读《谦逊的土地》

杨远新

自古以来，读作品，即读作者，但到了当今时代，却发生了很大变化。文如其人已经不是普遍规律。文归文，人归人，文与人两不相符的例子，实在太多太多。品读萧骏琪的乡下市井人物系列，这点上不仅没有让我失望，而且给了我重塑文人形象的信心。

首先，作品表现的内容让我感到亲切。单讲作品中的那些地名，就令我陶醉。武潭、马迹塘、大栗港、筑金坝、三堂街、灰山港、羞女山等等，这些市井人物成长的地方，于我而言，耳熟能详。早在20世纪50年代，桃江、汉寿同属益阳专区，到了20世纪60年代，分属益阳、常德专区。他的老家是桃江，我的老家是汉寿，两地唇齿相依，同一条江水滋润，同一朵彩云辉映，一个在金牛山南，一个在金牛山北，不是山这边的女儿嫁过去，就是山那边的女婿招过来。一挂鞭炮响两地，一碗米酒醉三代。1971年我参加工作时，在汉寿党政机关、文化教育和企事业单位有不少桃江人，有的是我的领导，有的是我的老师，有的是我的同事，有的是我的文友，有的还曾与我有过相恋的苗头。在我成长的环境里，人们每当讲起沧浪水，就自然要提到桃花江，两水血脉相连，谁也切割不断。所以每当这些熟悉的地名从骏琪的作品中跳入我的眼帘，我就止不住浑身热血沸腾，仿佛从沧浪水乘船驶入了桃花江，两岸的美景美人令我应接不暇。

骏琪尽管定居汉寿20年，但由于他生于美人窝，长于美人窝，对美人窝里的人物依然是那么熟悉，70多个市井人物信手拈来，基本是一篇讲述一人。

通读之后，很多人物已在我脑海里安家落户。勤劳朴素、永不服输的宾爹，开创坛子菜事业的雪妹，扑火英雄汪海军，一代拳王刘中，“空中雄鹰”温伟彬，宇华农庄庄主张梦南、胡学苏夫妇，桃江县友良家庭农场场主赵稳军，农民园艺师龙元勋，捕鱼能手璩义和，等等，都给我留下了印象。当我细读他们的事迹时，有的令我心头一颤，有的使我眼睛一亮，有的甚至让我掩卷沉思。我为他们不向命运妥协、不向困难低头加油，我为他们改变自己的同时改变周围环境、改变外部世界自豪。“他们生活在社会的基层，发射出人性最绚丽的光芒!”骏琪的这个感叹是千真万确的，也代表了我的心声。

这是一座人物画廊，其中可圈可点的很多。

对于教师刘建训，骏琪笔下勾画出的形象很特别：“刘君很‘苗条’，体重应该是我的一半吧。他偶尔走在大街上，我真担心忽然有一阵风会把他刮走。”但他的行为却与此形成很大的反差，留给我深刻的印象。“某天，邻县双峰一个流里流气的青年闯进学校，无理取闹，并对学生大打出手。当时，该校卢老师上前制止，可此人非但不听劝告，反而要打卢老师。这时，及时赶到的建训二话不说，冲上去把此人打倒在地，并义正词严地把他教训了一顿，然后将其驱逐出了校门。”可见，正义战胜邪恶，靠的并不是核武器。一个人，无论凡人还是高人，只要具有吞天吐地的英雄气概，哪怕对手再凶狠，也能战而胜之。

李胜虎这个人物很有特点，他生于农村，长于农村，在父母的逼迫下好不容易读到初中毕业，接下来死活不肯读书，那干什么呢？后来什么赚钱，他就做什么。发财后，他慷慨支持公益事业，还救人于危难；娶了美丽妻子，生了双胞胎女儿，还有可爱的儿子。这个人物形象给广大农村青年，甚至包括城市青年以启迪：人生成功成才的道路千万条，就看你怎么走。与李胜虎有着相似经历的，还有胡树仁，某种程度而言，他更是农村青年的典范。他15岁时，全年级近200人，9人考上高中，他是其中一个，但由于家境贫困，他不想加重母亲的经济压力，毅然放弃升学的机会，回家务农。

张德明、詹显姣都是有特点的人物。张德明在求学时，因家境贫困而辍学，南下打工，几经挣扎，致富梦破灭后，回到家乡创业，凭借坚持和所学新的知识，最终走上富裕之路。詹显姣则为家乡建一座跨江大桥而奔走呼号。两人都有着诗人梦、文学梦。

这些市井人物中，表现得栩栩如生、活灵活现的，当数他最亲近的人，就是他的外公外婆，他的父亲母亲，他的友婧娘。

专注于写人物，这无疑是选准了一条正确的文学之路。“我笔下的乡土人物都很平凡，平凡人说平凡人的事，让天下平凡人在平凡的岗位闪烁不平凡的光芒。”动机和目的都很明确。也正因如此，骏琪坚持写了6年多的乡下市井人物，这需要非同寻常的毅力、无比顽强的精神才能做到。他主动书写乡下市井人物，是发自内心的自觉行动，并不是某协会、某团体、某机关派给他的任务，没有被列入重点扶持题材，也没有被列入定点体验生活，更没有被列入签约作家，也就是说，与名利没有丝毫关系。但他就是要写他们，这是因为他与他们同样生活在农村，他们心相连，情相通，就像桃花江的碧波绿浪，前波连后波，后浪接前浪，处在同一条生存线上，没有高低贵贱之分，他思乡亲们所思，他想乡亲们所想，他爱乡亲们所爱。

骏琪让我了解这些市井人物的同时，也让我对当今农村有了更全面的了解、更深刻的认识。我触摸到了农村跳动的脉搏，听到了农村前进的足音，也似乎看到了农村未来的曙光。

骏琪对生活现象的表达，既显示出入微的洞察力，也显示出高度的概括力。他也善于抓住典型细节，凸显人物的精神世界。“友婧娘所在的组里有一个神经病老人，整日疯疯癫癫，生活都不会自理。组长决定每家轮流送一天饭，轮到友婧娘送的时候，她总是用一个特大号饭钵，打上满满一钵饭，再加上丰盛的菜，给他送去。”

过去只知道桃花江是美人窝，现在才知道桃花江的美人特别多。这些美人不仅仅是凭桃花江水滋养的绝佳容颜，让人眼睛一亮，更重要的是桃花江水浇灌的美丽心灵所释放出的善良的言行令人钦佩不已。美人窝名副其实。

我这里必须直言的是，用独特的艺术形象这一标准来衡量，骏琪在刻画人物上还值得下大力气，花大功夫，特别要避免流水账，离泛泛而谈越远越好。

詹胜文这个人物，应该有很多闪光的东西可以写，也应该写出感人的一面。可现有的描写太粗糙，思想深度上缺乏深挖。

华胡端也是个有特点的人物，从桃江到深圳当保安，又从深圳回到桃江开批发部，现已成为当地首富。他是先富带动后富的典范，最实际的表现就是热心公益事业，只要是为乡亲们做好事，他都会率先解囊捐资。可以说其人生经历，宛如桃江山水，其人格品性，好似山中南竹、水里坚石，遗憾的是对他的描写仍然停留在平铺直叙阶段。

李忠宝，一个乡镇文化站站长，在平凡的岗位上，却做出了不平凡的业绩。他几十年如一日，兢兢业业地在枯燥的文字中寻找一份感动，精心整理之后，用一双朴素的手把创造的精神食粮奉献给人们。于是，人们发现：生活中的感动原来有那么多。这个人物同样有特点，但我总觉得还缺少了点什么。

还有为国捐躯的空军飞行员温伟彬中校，本身事迹惊天地、泣鬼神，可惜没有把人物大海般的内心世界和高山般的精神逐一展示。这样的人物是共和国的脊梁，应该大书特书。

救火英雄汪海军、拳王刘中、乡邮员温建华（温伟彬的父亲）等，都是值得着重挖掘的人物。

我认为写好人物的关键，是探寻其内心世界。每个人的内心世界与外部世界之间都相隔两扇大门，如何打开这两扇大门，探知大门后面的真实情感、真实追求，这往往显示作家的功力。骏琪恨不得把美人窝里数不胜数的“美人”全部推到读者面前，这值得肯定和鼓励。但一定要规定自己，每推出一个美人，就把美人的美丽内心真实地展示给读者，让人钦佩的同时，受到震撼。我希望骏琪能把家乡美男美女对羞女山的挚爱、对桃花江的真情，编织成一首首昂扬激越的情歌，让水吟唱，让山传送，真正成为桃花江这个美人窝的一张文化名片。

对骏琪的这部乡下市井人物作品集，我说不出任何高深的东西，由于先天不足，只能谈一点肤浅的认识而已。至于对他本人的印象，留待以后彼此有了更多相互接触的机会，有了实质性的了解再说吧！

杨远新，湖南汉寿县人，国家一级作家。中国作家协会会员，湖南省作家协会第五、六、七届理事，湖南省首届公安文学艺术协会秘书长，湖南省公安文联理事。迄今已发表出版文学作品1800余万字。作品曾获国家图书奖、公安部金盾文学奖、湖南省文艺创作奖、湖南省儿童文学奖等各类奖项58次。

咬定青山不放松（序二）

郭　辉

2022年2月的最后一天，我接到了来自常德的一个电话，电话是萧骏琪打过来的。他告诉我：他历时6年多撰写的乡下市井人物系列已经完成，准备结集出版。在电话中，骏琪仍然称呼我为“郭馆长”，因为30多年前我在桃江县文化馆工作过，我和他就是那个时候认识的。骏琪想请我为他的书写序。被他那勤奋写作的精神所感动，我答应了。

20世纪80年代，我在桃江县文化馆担任文学专干时，骏琪经常到馆里来。他很瘦，个子高且蓄着长发，常拿着一大沓诗稿请我为他提意见。对于文学青年，我是颇为关注、尽力扶持的，几次在《桃花江》文艺季刊上发表他的诗歌和散文作品；还常常鼓励他多读书多练笔，持之以恒，必有收获。

后来我调到益阳工作，与骏琪联系少了，慢慢就不知道他的下落了。直到2014年下半年，我才知道他已到了常德，也才知道这么多年过去，他仍然没有放弃过文学创作，一直辛勤笔耕，写诗歌，写散文，尤其是最近几年，倾注了很多心血，坚持写他的乡下市井人物系列。

《谦逊的土地》这本近20万字的书稿，里面写了70余位人物。他的人物系列辐射到了湘乡、长沙、娄底、双峰、益阳、常德等地，当然写得最多的还是家乡桃花江。这些人物出身卑微，但有一个共同点：善良、真诚，而且能急人所难、扶弱济困。善良的友婧娘，会为疯癫的五保户多打些饭菜；每当遇上讨饭的，咏姐会热情地把他们迎到自己屋里，一宿两餐，临出门时，还给他们几块钱以作路费……再满哥勤劳，华胡瑞致富不忘乡梓，璩义和乐善好施……在骏琪的笔下，每一个人物都有着感人的故事和闪光点，读后，令人久久难以忘怀。

6年多的时间，骏琪全身心地投入，以笔作杖，叩击和丈量家乡的每一寸土地，用最虔诚、最深情的文字，写市井人物，写平民百姓，向一条奔流千年的资江致以殷殷爱意。这种眼光向下、关注底层、贴近生活的写作，是十分难能可贵的。

期待骏琪有更多的好作品问世。

是为序。

郭辉，湖南益阳人。中国作家协会会员，一级作家。有诗歌作品散见于《诗刊》《星星》《人民文学》《十月》《北京文学》《作品》《扬子江诗刊》《诗选刊》《诗潮》《中国诗歌》《中国诗人》等刊物。在《十月》《人民文学》《芙蓉》《湖南文学》《莽原》等刊物发表过中短篇小说。著有诗集《美人窝风情》《永远的乡土》《错过一生的好时光》《九味泥土》等。

目　录

CONTENTS

◇

美哉，山水洋泉

是资水的殷殷呼唤，还是望母洲的深情眺望？万物皆有灵，它们以水的柔情、以洲的慈爱，热烈地呼唤一个游子回家。洋泉湾，我回家了啊。2021 年 7 月 29 日，在洋泉湾村党支部书记王壮的陪同下，我来到了深情的洋泉湾。面对夏末的太阳，我很想知道这个古老而年轻的村庄崛起的秘密。在洋泉湾创业大厦，我提出了要采访王壮的要求，没想到素来低调的王壮竟然爽快地答应了。

王壮说，他是洋泉湾小石洞人，1976 年出生。高中毕业以后，担任村会计一职。1999 年前往长沙、郴州、深圳等地，涉足有色金矿行业。在商海淘到第一桶金后，转行到园林绿化行业。王壮在浏阳市拥有自己的苗圃园林。他和员工们一起，进行苗木栽培、园林绿化设计与施工、经营乡村旅游。他在商海混得风生水起。2008 年，原洋泉湾村党支部书记胡仁久因患疾病无法正常工作，他心忧洋泉湾的前景，关心洋泉湾的命运。他是了解王壮的，他知道，只要王壮能扛起这面乡村振兴的大旗，洋泉湾村将会呈现一片崭新的气象。胡仁久几度前来长沙，说出了他的想法，他说自己是代表洋泉湾的乡亲们恳请王壮回家乡的。对于洋泉湾，王壮怎么会不熟悉呢？是这块贫瘠的土地滋养了他的茁壮。胡支书几度抱病来长沙，且一脸的诚恳，王壮被感动了，放弃了自己如日中天的生意，毅然回到了家乡，经乡党委任命，担任洋泉湾村党支部书记。王壮告诉笔者：洋泉湾村临资江，地势低。2008年，白竹洲水电站建成蓄水后，这里的地势更低了，低洼耕田根本不适宜栽种水稻。如果这样长期下去，农民的吃饭都会成问题。王支书上任的第一件事就是把淹没区的稻田承包给他人，让承包人加高蓄水，进行水产养殖。当时，责任田的田主不理解，他们认为农民应该以种田为本，不应引进一些道听途说的东西来生搬硬套，田被淹了，可总有不淹的时候啊，祖祖辈辈不是一直这么走过来的吗？他们三五成群把王壮堵在村委会办公室，向王壮“讨个说法”。王壮以理服人，耐心而细致地说明水产养殖与种水稻之间的差距，并和养殖老板商量，先把承包田款付了，让村民们放心。把低洼稻田的田埂筑高蓄水，投入大闸蟹、龙虾、鱼类等水产物，然后是投放食物、辛勤管理……真的是天道酬勤，那一年，由稻田改造成的鱼池里，投放的水产物喜获丰收。洋泉湾水产养殖成为桃江县第一家规模最大的水产养殖基地，被农业部授予“健康水产养殖基地”和“休闲渔业示范基地”。水产养殖的成功引起了喜欢猎奇的游客们强烈的好奇心，人们成群结队地跑来观光，他们对这里的自然景色和碧波万顷的养殖基地兴奋不已。年轻的王支书以东道主的名义，邀请他们观资水、登望母洲、钓龙虾……到后来，竟然让一个洋泉湾的龙虾节应运而生。每到龙虾节的时候，大批游客纷纷而来，他们像到了自己家里一样，呼朋唤友赏龙虾、钓龙虾，还兴致勃勃地加入烹饪龙虾和吃龙虾的大赛中……

水产养殖成功了，年轻的王支书把目光瞄准了洋泉湾纵横交错的道路。要致富，先修路，这句话很有道理，而且永远不会过时。王壮说，原来村里没有一条好路，坑坑洼洼，雨天一身泥，晴天一身灰。路太窄，根本无法会车。王支书要修路，但一是没钱，二是还要占用村民们的土地。没钱，号召村民们集资，自家辛苦赚来的钱可以先垫付，厚着脸皮向上面“化缘”。可是，道路加宽必将占用村民的土地，损害村民的利益。王壮带领村干部们，挨家挨户，掏心掏肺，把好话都说尽了，终于得到了村民们的理解和配合。现在洋泉湾村组的公路拓宽了，且全部水泥硬化，主要道路还柏油化。

以后的工作呢，一步一步来吧，王壮，前面的路很长，任重而道远啊。

原来，村委会的 4 个自然村只有 5 个变压器，5 个变压器保障不了村民的生活用电。王壮争取农村电网改造。拼搏和务实，是王壮的个性。现在的洋泉湾，拥有变压器台区 25 个，极大地满足了全村的生产用电和生活用电。村里昏黄的亮光和突然停电的情况一去而不复返了。原来不理解王壮的村民们开始懂了，支书的每一滴汗是为他们流淌的。他们用敬佩的目光望着他们的当家人，跟着支书走，不会错的。

原来，每个组只有一口或两口水井，村民们的生活用水基本是靠一条扁担和两个水桶搬运。如果遇上干旱，水井干涸了，就只能去资江担水喝了。后来，有人开始在自家屋前或屋后打井，先是压水井，再逐渐改为电机抽水。虽然在生活用水方面不断完善，可总有不如意的地方，如果突然停电了，该怎么办？王支书雷厉风行，他发动群众，挖掘了一口深达 100 多米的水井，并耗资数十万元，修建了一个巨型水塔。现在，村民们只要把水龙头打开，自来水便哗哗地流进水池。全村的生活用水解决了，王支书的心才踏实。

在王支书的关心下，洋泉湾物业公司应运而生，员工们各司其职，道路卫生清理、绿化养护、自来水收费管理，各项工作做得井井有条。洋泉湾的山青了，水绿了。

现在，王支书挽起袖子，带领洋泉湾的群众，正热火朝天地建设美丽的乡村。修建村委会办公室、农家书屋、党员活动室、村民议事室、会议室、老年人活动室……一栋栋漂亮的楼房如雨后春笋般拔地而起，一阵阵愉快的歌声飘荡在资江上空。王壮笑了，他说：洋泉湾村借租办公或开会的日子结束了！以后是文化广场、乡村大舞台的建设。在入夜时，音响响起来，霓虹灯亮起来，洋泉湾女子的舞姿正在召唤一个乡村的美丽蝶变和一个崭新的年代的来临。

来到新开发的洋泉湾资江码头，望母洲似乎可以招手即来。望母洲占地面积 400 余亩，驻足眺望，风景如画，资水环绕。洲上有宽阔的杨树林可野营，有红砖青瓦的知青老屋可怀旧，有野炊区、自助烧烤点，有原生态麻竹园、格桑花园，有原生态的美食……

洋泉湾村成立了益丰厚茶叶合作社，拥有茶叶基地一千余亩，总投资 1500 万元，经过村民艰苦的奋斗和不懈的努力，现在，茶叶合作社拥有了自己的茶叶品牌，其产品畅销全国各地。村里还实现了大面积的土地流转，成立了洋泉湾农业合作社，进行规模绿色水稻种植，注册了自己的优质大米品牌。耗资 2000 万元的洋泉湾创业大厦矗立在资江岸边，总经理刘长华先生告诉我们：创业大厦集餐饮、住宿、商务会谈、农产品销售于一体。

王壮还向我们介绍了洋泉湾的电机产业园。电机产业是一个人性化的扶贫产业，已安排了 100 多人就业，这 100 多人是洋泉湾村的贫困户、留守妇女以及残疾人。他们不能如其他年轻力壮的人一样去外面务工，但需要钱来补贴自家的正常生活开支。王支书说，电机厂每月发给员工的工资就有 50 万元。洋泉湾电机产业园投产后，能解决 400 人左右的就业问题。

资江岸边，回龙山下，美丽的望母洲显示着宽阔的心襟；明代兵家必争之地的山脉前寨、后寨区，正默默诉说着多少年前金戈铁马的故事，这里是龙文化的发源地，是吉祥富饶的象征！诗人刘友良老师说：洋者，水多也；泉者，水白也；湾者，水曲也。水滋润洋泉湾的前世今生，我们行走在这片美丽的土地上，感恩大自然给予我们的馈赠。2016 年，洋泉湾村被评为“全县旅游示范村”“益阳市精准扶贫村”“省级卫生村”“全国旅游扶贫村”。洋泉湾，一颗熠熠生辉的明珠，就这样庄重地嵌在潇湘大地上。

认识杨爹

认识杨爹的时候，正是 2017 年的金秋。

杨爹大名一之，桃江县灰山港镇人，70 多岁，从生活中积累了很多平平仄仄。他是桃江县为数不多的上过《诗刊》的诗人。以旧体诗词上《诗刊》的，杨爹是我县第一人。

没多久，我发现杨爹很善于挖掘生活中的每个细节，也很注重来自生活的感动。一朵花的盛开，一滴雨的产生，一片叶的再生，一缕阳光的采摘……在这位古稀老人的眼里，都是一首首绝妙的好诗。

杨爹很勤奋，每天除了笔耕不辍之外，还坚持阅读一些文朋诗友的作品和关于纯文学的报刊，每天都忙得不亦乐乎。老人的诗很耐读，让人有一种不忍释卷的感觉。我写了 30 多年的朦胧诗，曾一度怀疑自己选择诗歌是错误的。但看到杨爹的勤奋与执着，想到原来自己有过的心理，我很是自责，于是也便决定继续把诗写下去！

大概是2017年10月10日吧，我在微信上看到杨爹的留言，老人诚恳地约我到灰山港一叙，让我很是感动。俗语云：长者约，不敢辞！于是，我辞去了中国诗歌网湖南频道一个学术性的会议，乘车去灰山港。

抵达港城，昔日老友高文广先生到车站接我，我终于见到了杨爹。中午聚餐，大家都在谈论诗歌。我很感动，真的，这个世界还有这么多人喜欢文字，喜欢诗歌。

下午3时许，在杨爹热情的邀请下，我来到了源嘉桥。

这是一栋在乡村中典型而别致的别墅。在杨爹的引导下，我走进院门，两条一大一小的狗迎上来，很有节奏地摇着尾巴。我很有狗缘，上前小心翼翼地摸摸它们的头，以示慰问，然后，随杨爹走进杨府会客厅。

一杯酒可以诠释一段初识的欢欣吗？杨爹笑容可掬，频频举杯！

我始终感动着，因为一段文字的结缘，因为一个忘年之交的邂逅。

夜宿杨府。

那些整齐的书籍只是一个古稀老人丰满人生的选择！一行行优美的诗句，一排排坚实的脚印，一句句温暖人心的桃江方言，一杯杯冒着热气的家乡茶水……虽是暮秋，但杨爹的住宅始终温暖如春！

那夜，我和杨爹促膝长谈，杨爹的语言机智幽默，让我十分惬意。我发现，一次灰山港之行，让我真正领略到了这片沃土上人们的古道热肠。

认识一个人不需要太多的时间，一个微笑，一句肯定的话，便够我一生去享受和追忆！

谢谢您，杨爹，杨老夫子！

我离开杨府的时候，天已蒙蒙亮……

吐故者，纳新也

人生便是这样，走着走着便散了。岁月匆匆，在一个月白风清的子夜，我手持一杯酒叩问青天：我年轻时候的好兄弟，你们好吗？

在一个暮春，我在网络上遇见了一直微笑的学学，便急不可待地问：学学，你和王纳新有联系吗？他好吗？

学学便发过来一张微信名片，上面赫然写着：老王。

老王？岁月很年轻，可我们真的老了。青春已逝去，开始华发频生，可曾经的回忆仍然在。

以前的纳新便是今天的老王。

认识王纳新的时候，他还是小王。

在曹家湾那所不怎么起眼的学校，似乎有围墙围着，但阻挡不了我进入。于是，我频频出入，与王纳新、学学聊天。

年轻时候的纳新玉树临风，板寸头，嘴角边总带着笑意。与我的粗犷相比，他太过于文静。如果遇上他们下课和休息时间，我们可以一起聊天。年轻时我们与爱情无缘，但插科打诨可以引来哄堂大笑。

那所学校在曹家湾存在了多久，无从知晓了。有一天，我骑着一辆单车再次到那里，发现人去楼空。当时，那种失落的感觉可想而知。纳新、学学，你们去哪儿了？怎么连招呼也不打一个便散了呢？

以后的日子里，我和王纳新在大兴遇见了几次，一场家长里短之后，便把那份深深的友谊揣进怀里，然后，各奔东西。

有了学学推荐的名片，我加上了纳新的微信。当我在视频里见到纳新时，我们互相在笑声中老了。

多少年后，我们可以沿着资江岸，仔细寻找年少时的脚印。模糊的足迹依稀可辨。而数步之遥的资江，水平缓，舟破浪。

君在长沙，我居常德。当资水和湘江汇集到一起时，君踏高歌，我乘小舟，三十余年的友谊让我们再度相聚于古城长沙。兄弟，初夏已雨霁，能饮一杯吗？

道三爹

人说：忘记一个人很容易，走了，哭几声，热闹几天，入土后，便相互“为安”了。然后，一个“某某某死了”的话题连续三五天，便没事了，仿佛此人从没在这个世界出现过。

生老病死，自然规律。我经历了许多这类事情，诸如：出外久了，回时，便有人急不可待地告诉我，某某走了，然后长叹一声，作悲戚状。我点点头，回忆了半天，才想到了该人。于是，我便条件反射似的“唉”了一声，回家后，过两天，竟又忘了！

一个多月以前，邻居兼异姓侄子瞿巧隆来常德看我，中午时分，叔侄喝酒，突然有了一个话题……

我又一次想到了道三爹。

三爹大名瞿道谦。名字很谦恭，排行第三，故称三爹。爹者，尊称，祖父级别，其老伴道三妈和我父亲同辈，比我父亲大。于是乎，我从小便以嫡父称之，慢慢地，我便觉得自己的人生轨迹中，有一个很疼我的嫡父，感觉很好。

道三爹就如我的至亲一样，我是不能忘记的。多少次提起笔想写他，总被一些琐事逼得放下手中的笔，但他一直留在我脑海，无法忘记。

“我爷爷为人确实厚道、谦恭！他和村里人相处了这么多年，连脸都没同人红过……”瞿巧隆如是说。

20 世纪 80 年代，道三爹在铁锚村中学做厨师，全校几百号人的饭菜都由老人负责。凌晨三时许吧，三爹便起床了，淘米、蒸饭、洗菜、烹炒……到七时许，竹制的梆子有节奏地呼呼响起，学生们都争先恐后地涌向食堂……

记得我是常去铁锚村中学的，学校里的萧祯祥老师是我的堂兄。有一次，和萧老师聊了一会儿天后，他拿出一沓作文本，让我帮他看一下。作文是命题的，估计要学生们写写发生在他们身边的好人好事之类。翻开作文本，作文题目千篇一律的是：我们学校的道三爹。内容不同，笔调幼稚，很学生腔，但记载的是真人真事。那些事也曾在我就读时发生过，很感人。看来，三爹已深入人心，孩子们懂得真善美，懂得感恩，懂得用幼稚的眼光细心观察一个老人平时的言行举止。那个晚上，我怀着很感动的心情看完几十篇作文。

三爹低调，说话慢条斯理，加上老人独特的语言风格，让一句正常的乡下语言充满诙谐幽默，让人捧腹。

三爹高且瘦，虽年高，走路仍然如年轻人一样风风火火。他干农家活很在行。在我的记忆中，他菜园里的菜要比别人的丰盛茁壮，菜地被整得如一床刚折叠好的被子。三爹的菜往往吃不完，而在农村，也没有谁挑着菜上集市卖，他便把吃不完的菜分给左邻右舍吃。

乡下人忠厚纯良，用感恩的心对待每一个同样感恩的人，从来不会计较个人得失。

对于篾制工具之类的手工艺，道三爹无师自通。于是，哪家的竹制品用具坏了，需要修补，便找他帮忙。三爹总是在第一时间，丢下手中的活计，到自家楠竹林里砍一根竹子，锯断，切开，剖篾，没多久，一根根细而长的篾丝在他长满老茧的手中灵活地游动着。很快，一件破旧的竹制农具完好如新。至于报酬，他总是分文不收。

我童年时农村还没有电，盛夏的夜晚，人们便会把自制的凉床搬到禾场，打着赤膊，摇一把蒲扇，自得其乐地唱山歌。那些歌是野性的，可临时编，押韵，长腔，有荤有素。这边唱罢，那边又起，蔚为壮观。三爹善唱，声音浑厚悠长，让人侧耳驻足，久久不愿离去……

在我的记忆中，三爹从没和人红过脸，不管对平辈还是晚辈，总是一脸微笑待人。在家里，他也是一团和气，在适当氛围中，与子女或老伴，会开几句玩笑，慢条斯理，如一位优秀的相声演员，机智又恰到好处地安排一个又一个包袱，紧扣一件事情，或发生了的或即将发生的，用严肃的口吻说一个轻松的笑话，让人开心。就这样，三爹用自己独特的肢体语言，让家人生活在一种祥和的气氛里。

瞿氏家族从安化迁徙到桃江大栗港，仅仅是两三百年，而在这两三百年生生不息的繁衍中，从政、从教者不计其数，他们活跃在不同的领域。瞿姓从众多姓氏中迅速崛起。

道三爹这样的瞿氏子孙低调地生活着，他们勤劳、善良，用感恩的心回报社会，造福社会。

生命不息，奋斗不止。把这句话用到三爹身上，恰到好处。在三爹离开这个世界好多年以后，笔者写下了这篇散文，权以祭祀三爹的在天之灵。

三爹走的那一年，天空降下了好厚的雪。

我清楚地记得，我那双目失明的父亲听到这个噩耗后，拄着两根竹棍，跌跌撞撞地走到三爹的住处，执意要陪老人最后一夜……

第二天，漫天的大雪仍在飞舞，人们小心翼翼地抬着一个熟睡了的灵魂，缓缓地走向三爹最后的归宿地。

人说：万物源于土，仍要归于土。

我用自己的文字，记载三爹一些感人的经历。我知道，我只是用自己的方式怀念一位可敬的老人。

我记得并不完整，但我知道三爹是宽容的，如他在世时的低调与谦逊。

道三爹的精神，永垂不朽！

认识汪爹

这里是桃江县城桃花中路竹艺巷居民区。坐在我面前的这位精神矍铄的老人，是在我笔下出现过好几次的退休教师汪正初。或许是因为先生和我大舅舅同名，或许是我们互相敬畏文字的缘故，我走近汪爹，便有一种亲切感。

今天我是特意来采访汪爹的。

汪爹，本名汪正初，桃江县原龙溪乡（现属马迹塘镇）人，1952年农历正月出生，2012年退休。湖南省民间文艺家协会会员、益阳市作家协会会员、桃江县第三届文联会员、桃江县作家协会常务理事、桃江县民间文艺家协会副主席兼秘书长、桃江县孔子学术研究会副会长……

汪正初记忆力惊人，有过目不忘的天赋，从儿时咿呀学语开始，他娘就教他唱儿歌，几十首儿童歌谣，他一学即会，久久不忘。他3岁时，大他12岁的亲舅舅教他认字、识数、画画。从此，他一发不可收，常纠缠着舅舅教他识字、计数、画画。大脑里储存的信息量多了，他便及时消化，从房前屋后、路边捡来粉质小石块在家里的木壁上、地板上、板梯上、柜台上、谷仓上，只要够得着他写、画的地方，他就在上面不停地写字、计数、画画，写好了擦掉，擦掉了又写，乐此不疲。同样，黄板村分水坳外祖家的木壁上，台阶、走道的青石板上，也到处被他写满了、画满了。旧作擦洗掉，新作又添。外祖父母不但不制止，反而鼓励他多写多画。这些字画吸引了邻里、村庄的大人们，常领着小孩前来观赏。

汪正初5岁前，就能认读六七百个汉字，能运算100以内的加减法。龙溪完小的老师听说后很感兴趣，前来他家访问了解后，动员他入学。于是刚满5岁的汪正初，就由同住一个大屋读小学六年级的堂兄领着，到离家数里的龙溪完小入学了。他在小学好学习，成绩优良，没多久就学会了撰写对联。儿童节、国庆节前一天，班主任老师就备好红纸，安排他为班上写节日欢庆联，然后把写好的对联贴到教室的门框上。进入中学后，汪正初担任学习委员，带头勤学不懈。

汪正初喜欢看书，古今中外的各种小说集、童话集、寓言集、民间故事集，他都爱不释手，一本书总要看上两三遍，多的看四五遍。这为他后来走上文学写作之路打下了基础。

汪正初中学毕业后回乡劳动锻炼期间，依旧没有放弃自学，坚持在劳动之余看书学习。在回乡劳动锻炼的两年中，他出任过生产队政治学习辅导员、保管员、出纳、民兵排长、大队政治学习辅导员等。

汪正初是个具有强烈进取心的青年，1970 年他还差两个月满 18 岁，就迫切响应党和国家号召，积极报名参军，保家卫国，体检合格后，那位负责接待新兵的部队军官说，今年满员了，你明年再来，你准能成为一名合格的军人。

18 岁那年，应国家需要，汪正初上了师范大学。在大学学习期间，他和文学结下了不解之缘：他写的散文耐读，写的小说有味，写的故事曲折动人，写的散文诗文字优美。而且，他还擅长写新闻报道。

后来汪正初从教了。汪正初先后在易家坊中学、龙溪中学、龙溪乡联校、马迹塘镇联校、县教协供职。他首创“百花文学社”，指导师生在全国各地报刊发表作品近千篇。他的学生多，可谓是桃李满天下，在政界、军界、教育界、商界等各界工作的学子比比皆是，但汪正初从来没有想到去求学生办什么个人私事，他很知足：两个女儿和两个女婿均事业有成，外孙 985 重点大学在读，成绩优异。

2012 年，汪正初老师光荣退休。他是个闲不住的人，退休后，他发挥余热，潜心挖掘整理和推介桃江本土优秀的传统文化，并已在各级报刊发表各种体裁文章 60 余万字。他的作品散见于《益阳日报》《新益阳》《湖南作家》《散文诗》《语文报》《学习报》《新聊斋》《东方教育》等报刊和新浪网、搜狐网、炎黄风俗网等大型综合网站。

退休后的汪正初不打牌，也不抽烟喝酒，大部分时间坐在电脑桌面前，抒写家乡的美好，抒写自己的人生。他参与编写了《桃江历史文化丛书》，担任该丛书“民俗风情卷”的副主编，并长期供职于《桃花江报》《桃江孔学》《桃江民间文艺》编辑部，任编委和执行主编；出任桃江县国学文化教员等职。2019年，任《桃江县政协志》编委……

汪老老有所养，但他没有拿着优厚的退休工资养尊处优，而是继续为乡村振兴、公益事业，为家乡的父老乡亲奉献余热，用实际行动做到老有所为。衷心地希望更多退下来的老同志都加入到老有所为的行列，绘就“老有所为”的最美篇章。

鲊埠渔具：蒋海贤夫妇的憨厚人生

再次回到了鲊埠，这时已是桃江乡下的2018年9月，天气已渐渐变得凉爽。连续几天的阴雨天，让正在修建的路变得很是泥泞。一向喜欢早晨暴走的我在9月2日凌晨6时许，行走7余里之后，到了鲊埠街新公路，似乎感觉有些饿了，想吃份早餐果腹。前面有个小吃店，里面人声鼎沸。于是，我便毫不犹豫地走进去，让人大跌眼镜的是：一块仿宋体的“鲊埠渔具”的招牌赫然在目。

鲊埠渔具？擦擦眼镜，没错，在招牌下面，一个中年男人真诚地叫我一声：萧老师！我上前抓住他的手，紧紧地握着。

我想到了从前。

那时，我写的乡下市井人物系列《京宜哥》在网上发出后，没多久，便有好多人争相阅读点赞。印象最为深刻的是，一个昵称为“鲊埠渔具”的陌生朋友在第一时间赞赏并留言，当时，我毫不犹豫地加他为好友。之后，通过手机联系，我知道他是鲊埠乡人，夫妇经营渔具、小吃店生意，因人缘好，为人憨厚真诚，生意一直很好。

等一份热气腾腾的早餐吃完后，我已决定，写写这位“鲊埠渔具”老板。

“鲊埠渔具”老板叫蒋海贤，1974 年农历四月出生。其妻詹美霞，1978 年 11 月出生。儿子蒋小龙，在鲊埠中学就读。在我的眼里，他们是一个充满幸福的家庭。

鲊埠街临近资江，每年夏季，几日暴雨之后，便导致资水上涨，泛滥成灾。海贤临资水而居，当然所受的损失比一般人严重。

2018 年 7 月 4 日，或是 5 日，洪水再次汹涌而来。霎时，浊浪滚滚，以排山倒海之势，席卷而来。海贤急了，他经营两个小店啊。洪水无情，那些渔具面对洪水，自然没有用武之地了。可是，他看到了邻居蒋敬芝家，一种本能的举动让他冲进敬芝屋里，二话不说，紧张地帮忙转移一些贵重的电器等物。忙活了多久，他不知道，只知道自己累得嘴里竟有了些血腥味。搬完，发现已来不及搬自己家的物品了，没办法，他只好快速转移到安全地带。这时，自己家中已进水 1.2 米，直接损失一万多元。后来，妻子美霞赶来，望着精疲力竭的丈夫，感动得紧紧抱住他，赞许地连连点头。

“我不是中共党员，也不会说什么豪言壮语，帮人家是一种本能，我还年轻，损失了可以再赚回来！”蒋海贤如是说。

海贤告诉我，他从事水磨石职业，包工包料，每平方米只收60元。毕竟是农村中长大的人，这里纯朴的民风养成了他憨厚、真诚的秉性。他知道，现在的农民虽然富裕起来了，但修个房子也不容易。所以，他在水磨石方面精益求精。一般的师傅每天可水磨80平方米甚至更多，而海贤只磨50平方米。倒不是他的技术比别人差，他只是想尽量搞得更细致一些，情愿每天少赚百余元，也要让客户满意。

海贤夫妇的孝顺也是远近闻名的。老父70岁了，娘今年65岁。两老喜欢清静，现在仍住在老屋里，种着一亩责任田，几垄菜地。两老有两个儿子，海贤是老大，小儿子在外面发展，一年仅回家一趟。所以，夫妻二人不管有多忙，每天必定进村一次看看两位老人。有好吃的，先送去让父母吃，或者帮忙管理一下菜园，顺便带一些新鲜的蔬菜回去。所以，他们小吃店里的蔬菜都是纯绿色食品。吃过了一次的客人便都是回头客，有的甚至相隔20多里也要来他们店里吃早餐。

有时，流浪人来吃饭，他们从不收钱，临走时还给他们一些钱物。为此，有好多人不理解，甚至还表示不可思议，可海贤夫妇总是一笑置之。

9月2日，我很认真地听完了这一系列感人的故事。窗外，深秋的细雨仍然飘着，农田里一望无际的稻谷正散发出沁人肺腑的香味。

忽然有太阳了，雨丝飘过之后，那缕阳光是真诚的。

在海贤夫妇的盛情挽留下，我决定在这里吃午饭，顺便尝尝主人的手艺。果然，一支烟还没抽完，一桌热气腾腾的乡下菜便摆上了餐桌。猪肉炒青椒，肥瘦均匀，香而不腻。虎皮鸭子，外焦内嫩。豆腐是传统手工艺制品，猪腰子微辣细嫩，芫荽菜是凉拌的，让人食欲大增。我把三杯他们自酿的谷酒徐徐喝下，便情不自禁地大叫一声："好!"

下午3时许，应该是离开海贤家的时候了，步出户外，阳光正好，一如明朗的心情。

海贤、美霞，感谢你们，让我再次领略到了你们的纯朴、憨厚、真诚!

克文其人

我是从桃江县一个作家群里认识仙鹤草的。那群很小，才40多人。我加为好友，从他头像看，他长得很粗犷，隐隐约约中透出一种东北人的豪爽。于是，我们加了便聊，很投机，想面对面说话。这个想法困惑了我好久，但终究彼此都忙，所以只能暂时放弃。

2017年10月上旬，我到了桃江县城，仙鹤草也知道了。又约，他欣然同意：本月21日，那天刚好周六，我有假啊！于是，我心里很激动，明明知道他看不见我的面部表情，但仍对着手机，频频点头。

次日上午9时，仙鹤草来了，光光的脑壳上尽是羞女山的仙气。他人很苗条，身材一点也不变形。我们握手，坐下，于是开始聊起来，作为同龄人，都固守文学这片净土30余年，当然有共同语言。

到了中午，我想去文化路步步高超市买点菜，仙鹤草提出同行。于是，秋日阳光下，我们享受着一种在文字中穿行的快乐。

文如其人。仙鹤草的文字如他的身材，苗条、细腻、委婉而儒雅。我记得在20世纪80年代中期，那时仍是学生的我创办了一个文学社团，名曰黎明。每月一期油印刊，从不间断。到现在，参与《黎明》文学社的成员们，都已在各自的岗位上或如鱼得水，或不得意，但对当时热衷文学创作，均认为年轻时幼稚冲动……能够支撑到现在的就只有我一人了。

而听仙鹤草之言，他也像我一样，痴迷文学30年。

“在文字中滚爬30多年，我从来没有厌倦，且孜孜不倦地写下去。”

仙鹤草无疑是优秀的，他用自己的坚持换来收获的果实。在文学这条崎岖的道路上艰难行走，对文字的敬仰与痴迷，是现实生活中许多人不能理解的……在整个午餐的过程中，听他用聊家常似的口吻叙说，作为有同样经历的我，心中充满了赞许与同感!

下午2时许，钟爱群老师来了，我们尤为兴奋。

下午5时许，他们坚持要回去，我急忙起身，送他们下楼。

其实，认识一个人，不是应该相聚多久，在人生艰难的旅程中，一句真诚的问候、一次热烈的握手，便足够回忆一生一世。

和仙鹤草亦如此。

仙鹤草，大名颜克文，1966年出生。

克文，希望下次见面时，一盏香茗、一纸文字，让我们共剪西窗，聆听夜雨，好吗?

瞿先生

先生姓瞿，大名选祥。他是我的授业恩师，也就是说，没有他，我不可能走上文学这条道路。

30 多年前，12 岁的我，背着母亲缝制的书包，走进了铁锚村中学十三班。很幸运的是，瞿先生是我的班主任。

那时我很喜欢写作文，也许是看了很多课外书籍的缘故，我感觉到自己的作文很好。初见先生时，他很年轻，身材也好，说话有些慢条斯理，讲课时，首先冠以“我发现……”之类的话语，然后滔滔不绝，引经据典。那时，我可能是全班同学听得最认真的一个。

我的作文写得好，在那时是一个不争的事实。作文课是我最喜欢上的课。当其他同学还在苦思冥想时，我已把写好的作文本交上去了。先生似乎有些感动，接着便要大家安静下来，听他把我刚写好的作文读一遍，再加上几句“我发现……”之类的话。那时，我鼻子一酸，似乎有什么液体想夺眶而出，但终于忍住，再看看先生，平时严肃的脸上竟然有了慈祥的笑容……

20 世纪 70 年代末，我因扁桃体发炎被送至武潭医院，以后的日子并不好受，消炎、打针、服药、手术……一系列医疗器械的碰撞声让我一个多月在噩梦中度过！回到学校，望子成龙的父母决定让我降级。就这样，我成为铁锚村中学十四班的学生……

3 年后，我离开了校门，走上了社会。我开始写作，时隔不久，便有铅印文字见诸报刊。村里人开始议论：萧家出秀才了！

从那个时候开始，我的文字不叫作文，而叫作品了。

某日，先生托他的学生捎来一纸便条，要我到他所执教的大栗港镇中学去一趟，末尾写道：“烦足下来校一叙，可否？”当时接到纸条，竟然大有受宠若惊的感觉，尽管天色已经晚了，我仍决定步行到三公里处的镇中学一叙。

那晚，我们在灯下谈了好久，他叫我别放弃文学，继续写下去。夜很静，灯光摇曳，很晚了，先生让我在学校住下，明早再走，我点点头。

以后，我经常去学校和先生一起喝酒，谈论一些以前的故事或以后的话题，从“我发现……”开始，到“我发现……”结束，但话题不断转换新的内容。

先生很固执，也很认真。我曾听说他年轻时的择偶标准：一是必须是长女，二是要会当家。后来，瞿师母果然是家里的长女！至于是否会当家，则不是我辈议论的话题了。先生现在是食有鱼、出有车，自然春风得意。

20 世纪 80 年代中期，先生修房子，那时请人完全是凭人际关系，今天我帮你，明天你帮他，不像现在，一点小事都必须付工钱。记得有人笑谈——夜，先生持一本一笔，挨家问：“明天请你帮忙，行不?”人家说：“明天我有事啊。”“那么后天呢?”“后天不行。”“大后天行不?”等人家允诺后，他便在本子上认真记下：某月某日，已请某人帮忙。然后，礼貌地点点头，再去下一家……

我到汉寿好多年了，一直怀念这位亦师亦友的先生。有一日，托老表华胡端找到了先生的电话，接通，知道是我，他很兴奋，仍然用那种慢条斯理的腔调说“我发现……”，等到我真的发现后，电话竟然打了一个多小时了。

今年再度见到先生，仍然是年轻时的模样，师生在一起，酒是绝对不可少的，席间我笑问："先生，您今年多少岁啊?"初，先生笑而不答，问久了，才慢条斯理地回答："我发现，山中无甲子，敝人不知年……"

韩愈云："古之学者必有师。师者，所以传道受业解惑也。"先生，在人生和文字路上，感谢一路有你!

友婧娘

记得小时候，娘带着我去刘家湾外婆家。我们表兄弟姐妹有17个，一旦聚在一起便是疯玩。

外婆家所有的房子对我们都无禁忌可言。有一日，忽然见到外婆住的房子里，靠木壁的桌子上有一张用玻璃压着的黑白照片：一个年轻的少妇半蹲着，辫子很长，一个小孩站在少妇怀里，两双纯净的眼睛望着远方。照片上还写着：小孩应秋。于是，一种强烈的好奇心让我急切地抓住娘的手，走到照片前，我问娘："这是谁啊，怎么这么漂亮?"娘笑着说："这是你友婧娘，那个小孩是你应秋哥呢。"

婧娘，桃江人的一种称呼，和娘是亲姐妹，但比娘大。

外婆膝下有六个儿女，一大一小都是舅舅，中间四个，我娘居三，友婧娘是大姐。她家和我家只有两公里的距离，所以，我们两家的来往比一般舅舅姨娘要多一些。有一次，我娘带着我去友婧娘家玩，没走多远，竟然遇上了友婧娘也带着表妹来我们这里，相遇的时候，哈哈大笑一会儿后，便是争执到底去谁家，最后还是我娘赢了，因为我们相遇的地方，离我们家近些。

友婧娘住的地方叫先锋桥，我是独生子，小时候娘常带我去友婧娘家玩，后来慢慢长大了，识路了，一个人去，去了又不想回。有时遇上周日，父母一旦见不到我，也不着急，知道我去先锋桥了。

1991 年，我到了深圳。那时，友婧娘的几个儿女（除了应秋外）也都到了深圳特区，而且，因为他们混得不错，很多老表都去了。也许是我运气较差，去深圳两个月，也没找到事做。那时，友婧娘也去了。我一个人无所事事，便去找友婧娘聊天。两个月后，实在无法混下去了，我拿着老表们凑的 70 块钱，狼狈不堪地去了惠州，没多久，回到了发誓不再回来的家乡。

20 世纪 90 年代初，友婧娘帮我谋了一份职业，在先锋桥天桥茶厂帮人制作绿茶。这下，我在先锋桥的日子更多了，休息时，可以去不远的溪水里洗澡，或者写一些自己也看不懂的诗。有时，我还帮友婧娘挖挖菜地，和婧父就着乡下的新鲜蔬菜喝上几杯谷酒，然后，呈大字形躺在床上，一本正经地回忆那些失去了的爱情。

2003 年，为了生计，我去了常德，从那时起，就很少回家乡了。十多年前，手机还没像今天一样普及，我很担心友婧娘：岁月匆匆，她那瘦弱的身体怎能经得起生活的侵蚀？

2010 年，我到了邻镇鸬鹚渡，接到了表妹曹继红的一个电话，她说友婧娘病了，而且住进了大栗港卫生院。我急忙赶到医院，见到了友婧娘，她好瘦，而且意识模糊。表哥曹应秋用汤匙喂她一些流汁类食品，被她坚决推开，嘴里含含糊糊地发出不满的声音：“我又不是小孩。”当时，我心里一阵酸楚：友婧娘，吃点吧，你太需要营养了啊。

友婧娘所在的组里有一个老人，整日疯疯癫癫，生活都不会自理。组长决定每家轮流送一天饭，轮到友婧娘送的时候，她总是用一个特大号饭钵，打上满满一钵饭，再加上丰盛的菜，给他送去。老人虽然疯癫，但在偶尔清醒的时候，总是用感激的目光望着友婧娘。

友婧娘叹了口气，犹豫再三，终于回家了。

脑动脉硬化引发了友婧娘的老年性痴呆，她的举止行动变得迟缓，常常自言自语地说些人们无法听懂的话，而且饭量也越来越少了。但当儿孙们来看她，陪她说话时，她的眼睛陡地亮了，目光慈祥地望着她的亲人们……

友婧娘是天下最好的人，也是天下最痛苦的人。她幼年丧父，嫁到先锋桥生下四个儿子后，婧父因病离开了这个世界。我表妹是遗腹子。到中年时，最小的儿子曹应青因横祸惨死。到2009年，她的二儿子曹应军也因肝癌离开人世。

写我的友婧娘写得很艰难，常常写完一段后，我情不自禁地泪流满面。

军哥走后，友婧娘的精神更加恍惚，常常丢三落四，成了医院里的常客。

2011年农历十二月二十三日，我多灾多难的友婧娘终于安详去世，享年75岁。儿孙们遵从老人遗愿，为她举行了一场隆重的葬礼。农历二十五日，先锋桥鞭炮轰鸣，万人空巷，人们用自己的方式哀恸地送走了这位可敬的老人。

勤劳善良的友婧娘走了，先锋桥有一座名叫杨家仑的山，山上一座隆起的土坟成了她的归宿。

2011年4月，在桃江县城，我和秋哥在一起喝酒，说起友婧娘，都有一种很悲怆的感觉：先锋桥是儿时和年轻时代留恋的地方，每次都是开心而去，恋恋不舍地回家。可是，现在，如果再度去的话，伊人不再，山水依旧，那种悲憾之心只能用眼泪说明。

我知道，我的友婧娘是不朽的。

愿老人在天之灵安详。

郭子

和郭子是在微信上认识的，我发现跟他志趣相投，便加了。有时，我到凌晨 2 时许还是睡不着，实在无聊，打开手机，发现郭子竟然还在，于是便聊上了。他告诉我：睡了一觉，醒了，刚好你没睡。于是，我们便顺理成章地用文字打发一个寂寞的夜。

郭子是我的铁杆粉丝之一，每次我在平台上发了几句情意绵绵的话语，他总是急不可待地赞赏，而且还留言。

写郭子是好久以前的愿望了，两个人总是说约着见面，可是每次都有各自的事情。

2018 年 5 月下旬的一个子夜，他醒了，我也还没睡。

“郭兄，该见面了。”

“行，明天!”

距我住处 30 多公里的郭子在微信里真诚地笑着：“明天，我搞个车来接你，就这样啊。”

“好。”

第二天，他来了，是驱车来的。下车后，雨幕中，两个大男人紧紧地拥抱在一起，让一些路过的行人目瞪口呆。

郭子，大名郭子建，1963 年出生，1972 年移民到常德市西湖管理区，2018 年，从西湖区调农业局工作。

中午，该吃饭了，郭子不喝酒。他请来了一些文化人陪我，说友谊，说文字，我们开心地笑着，碰一下杯子，酒花很激动地溢出杯外。我告诉他们：在我的文字中，是有很多描写资水的，或平缓或急流，或波涛汹涌或柔情蜜意……我笑了，他们也大笑着。

郭子，我开始写你吧。

郭子的妻子叫刘友桃，小他两岁，1965 年出生，是一个典型的益阳美女。他们有两个儿子，大儿子从业于湖南工业重镇株洲，小儿子郭凌峰，20 岁，就读于湖南商学院，喜欢写小说。郭子告诉我，他的小儿子在校刊上发了好多文字，目前正在提升中。

郭子爱好写旧体诗词，现任常德市诗词学会西湖分会会长。50 多年的铿锵行走中，他坚持诗词创作，让诗词在诗友们中间传播，换来首肯或者激烈的争论，也就够了。

雨仍然在下着，喝了一杯茶，郭子下意识地摘下眼镜，用纸巾擦擦镜片，然后重新戴上，抬起头，用平缓的语气，给我讲述了一个个远去了的故事。

1995 年，郭子在西湖二分厂工作。有一天，他所居住的那一排房子着火了，火是从他家里开始燃烧的。当他赶回时，大火正无情地吞噬着他和邻居们的一切。当时，他不顾一切地冲进邻居家去抢救东西，抢完了这一家又去抢那一家，并把人们送到安全地带。等他回头时，发现自己的房屋已夷为平地。面对那些悲愤欲绝的邻居们，他就地坐下，休息了一会儿后不顾口干舌燥，用平时不紧不慢的语气，安慰着那些人。

“郭子，当时你是否想到了诸如雷锋、邱少云之类的人物?”

“没有。”郭子憨厚地笑了笑，“是一种本能吧!”

完全是一种出于本能的壮举。郭子，我能用什么语言来赞美你呢？如果换了我，说实话，我永远也达不到这种境界。

因为，一场大火之后，一切得从头开始。

这是一个下着大雨的夏天，郭子举起一杯酒，真诚地望着我。我把酒杯举过头顶，用力地点点头，“砰”的一声碰杯。

郭子说：“我很平凡，从安化到西湖，稳稳重重地走过了人生的好多个春夏秋冬，人之初或者人之成长过程中，人本来应该是善良的啊，别人有困难，应该帮的。而且，该忘时就忘了吧。”

我想深度挖掘郭子，他总是谦虚地摇头，一笑置之。

该离开西湖了。

次日晨，郭子送我去车站，吃完早餐后，西湖的天竟然晴了。阳光中，郭子朝我挥挥手，我的眼睛里竟然有些潮湿。

再度挥手，已咫尺天涯。

车子呼啸远去。

郭子，我还会来看你的!

刘建训

和刘建训认识很偶然，在一个微信群里，看到了“毛田一路”这个昵称，不知为什么，突然萌生一种亲近感，我便加了他，然后郑重地向他约稿。他虽然没有振臂高呼，但很积极响应，以后便有诸如《六先生》的文章纷纷见诸平台，让人有一种同志般的亲切感。事隔一年多，他告诉我，我是他文字的领路人！我初时听了有些得意，但过后感到汗颜。

为什么微信昵称取“毛田一路”？刘建训说，他是湘乡市毛田镇人。至于一路，也许是先生随心所欲发挥而已！自己选择一条路，然后走向辉煌。

刘建训，1968 年 10 月出生，居湘乡市状元坊。他毕业于岳阳师专中文系（1989 届），1989 年 9 月在毛田镇崇山中学任教，以后便陆续在天门中学、泉塘镇双江中学、泉塘中学教书。至 2016 年 2 月，他在泉塘中心小学先后担任班主任、总务主任、政教主任、副校长、校长职务，一步一个脚印到今。

说起湘乡，建训眉飞色舞，如数家珍：陈赓、谭政在湘乡东山学校读过书，曾国藩兄弟是湘乡人，唐代著名书法家、名相褚遂良在湘乡担任过地方官……在南宋，这里还出过历史上唯一的状元——黄容。

建训拥有一个让人羡慕的家庭，妻子周光辉，小他一岁，有着江南女子独特的风韵。女儿刘煊苗，1992 年出生，湖南省文理学院毕业，现在在湘乡市同升小学任教。

刘建训很“苗条”，体重应该是我的一半。他偶尔走在大街上，我真担心一阵风就会把他刮走。他对本职工作一直兢兢业业，而且，不惧邪恶，一身正气。大约是 1997 年，他在天门中学教书，那时的社会风气不太好。某天，邻县双峰一个流里流气的青年闯进学校，无理取闹，并对学生大打出手。当时，该校卢老师上前制止，可此人非但不听劝告，反而要打卢老师。这时，及时赶到的建训二话不说，冲上去把此人打倒在地，并义正词严地把他教训了一顿，然后将其驱逐出了校门。他的行为，让正义压住了邪恶，也让莘莘学子有了安全感。

“教师，是一个神圣不可侵犯的职业，家长把孩子们交给我们，是希望我们能把他们教好、带好，让他们以后成为一个对社会有用的人。面对家长殷切的目光，我们教师应该不惜一切保护孩子们的安全，让他们在一个舒适的环境下完成自己的学业……”刘建训如是说。

20 世纪 60 年代末，建训的家乡毛田镇因为要修水库，一些村民必须迁移。建训的三伯父被迁移到湖北潜江，后又到江西乐安。由于多种原因，老人家一直是孤寡一人。到 1991 年，因思乡心切，他便回到了自己的家乡。可是，家里的房产已经分了，三伯父回来的时候，可真是上无片瓦、下无插针之地。怎么生存？这时，也是这位重情重义的亲侄子，把自己的房屋给三伯父两间，并安排了老人的生活起居。三伯父病了，他及时送医院治疗，平时，嘘寒问暖，直到三伯父走到了生命的尽头。三伯父没有遗憾地走了，刘校长披麻戴孝，送老人入土为安。

几年前，建训夫妇还资助了两个分别读高中和读小学的学生，那些钱都是他们夫妇省吃俭用省下的。看到他资助的学生们聚精会神听课的样子，刘建训欣慰地笑了。

十年树木，百年树人。湘乡是一块人才荟萃的风水宝地。刘建训扶扶眼镜，斩钉截铁地说。

儿童节后，我为了我的文字，辗转宁乡、长沙、湘潭，最后才到湘乡，见到了刘建训，也领略了湘乡人民的热情与美食。2018 年 6 月 21 日，建训送我到车站，临别，我情不自禁地紧紧拥抱着他，望着他真诚的眼睛，竟一时哽咽着说不出话来。

李胜虎

某天，虽然资江水面上似乎有一丝凉意，但热气仍然扑面而来。从鲊埠到武潭，短短 20 分钟左右的车程，我却用纸巾擦拭了好几次的汗。

詹国勇是一个热心肠的人。他告诉我：在资江北岸，距桃江县城约 50 公里处，有个叫武潭的地方。这可是桃江第一古镇！

上午 10 时许，我们到达了武潭镇龙山路，见到了本文中的主人公——李胜虎，当然，还有他漂亮的妻子莫桂君，以及一对人见人爱的双胞胎女儿。遗憾的是，他 7 岁的儿子在幼儿园读书，还没回来。

他们给我准备了一大盘西瓜和正宗的桃花江擂茶。我离开家乡 10 多年了，看到久违的擂茶，很激动，缓缓喝完，享受着电风扇带来的清凉。当一支烟抽完后，我急忙铺开纸笔，开始认真地记录胜虎的传奇故事。

李胜虎，1976 年出生，原住鲊埠乡江家坝村。1988 年正月，胜虎刚 12 岁时，年近 40 岁的父亲患肝癌去世。

当时，也是在万般无奈的前提下，30 多岁的娘带着 14 岁的女儿、12 岁的儿子嫁到武潭镇八家村。以后胜虎便是上学读书，和新认识的同学一起玩游戏……然后，在八家村这方山清水秀的小村里渐渐长大了。也许，继父和娘是希望胜虎能够从读书中汲取营养，考一个好的大学，出人头地。可是，后来呢？后来，初中毕业后的李胜虎却不想再读书了。不管任何人如何苦口婆心劝他，他总是摇摇头，面对家人的含泪劝慰，10 多岁的孩子一脸坚毅！

胜虎开始种田，日出而作，日落而息，面朝黄土背朝天，从泥土里寻觅一日三餐解决生存问题。收工回家，他洗澡、吃晚饭，然后看电视，而且，连广告也不放过！实在没看的了，他呈大字形躺在床上，强迫自己睡下。

仍然是这样一个夜晚，仍然是一台黑白电视机，仍然是一些肥皂剧……然而，那台电视机播的广告却改变了李胜虎的人生轨迹。

那时，农村中是经常停电的。白天停电还好点，夜晚停电就极不方便，尤其是夏天人们急得如热锅上的蚂蚁，惶惶不可终日。这夜，李胜虎在电视广告里，突然发现了销售停电宝的广告。

胜虎的眼睛霎时亮了，从没出过远门的他在第二天起了个大早，专程赶到韶山，购回了一台停电宝。之后，他把停电宝拆了，再组装，再拆，再组装……有时，到凌晨 3 时仍然不停地拆、组装。

也不知费了多少心血和时间，他成功了，能熟练自如地组装一台停电宝了。于是，他从邵东、涟源、宁乡、韶山等地进来配件，然后独自一人进行细致的组装。他一天可组装 10 多台停电宝。

次日，他把这些停电宝拿到附近乡镇去销售。因为迎合了大多数农民的心理，停电宝极受欢迎，所以生意很好。

没多久，胜虎在武潭镇租了一个门面，夜里组装，白天销售。从 1996 年到 1999 年，这几年的时间里他收入颇丰，这是他创业收获的第一桶金。

1998年，胜虎认识了莫桂君。两人相处了一段时间后，便确定了恋爱关系，并于1999年结婚。婚后不久，停电宝市场疲软。于是，两人商量了一下，便转做烟花鞭炮生意。

胜虎告诉我：在停电宝生意进入高峰期时，他的事迹被当时的文学爱好者薛太白知道了，薛仔细地把他的事迹整理后写成文字材料，并在1996年8月某一天的《益阳日报》上发表。

其间，胜虎和其他8人一道，利用桃江县是中国楠竹之乡的有利条件，集资办起了九龙竹业公司。几年后，该公司先后有9人撤股，余下的4人坚持了4年。胜虎想一个人干一番事业，于是便退出了九龙竹业公司。2013年，他到武潭镇龙山路开了一家颇具规模的珠宝公司，做黄金、钻石、珠宝生意。因地理位置好、价格公道、人际关系好等一系列得天独厚的条件，所以他的生意很好。

两年后，胜虎又办了金桥板业有限公司，招员工40余人，从事模板（建筑用）生产。

武潭的六月，热浪灼人。时至中午，胜虎的爱人桂君端上来一桌散发着诱人芳香的家乡菜和一瓶价格不菲的邵阳大曲。面对主人的盛情邀请，我和国勇坐到桌边，一边喝酒，一边继续着我的采访。

胜虎的创业很艰辛，胜虎的故事很感人！

从武潭镇上通向八家村有约5公里的路程，路坎坷不平。那时修路完全靠集资，修路的负责人来到当时的九龙公司，并诚恳地说明来意后，胜虎毫不犹豫地拿出5000元，交到负责人手里……至于后来的轻松筹、家乡的公益事业，胜虎每次都是慷慨解囊。

“没关系的，谁家没有七灾八难？谁又能一根竹子长齐天？”

这位年轻的农民企业家如是说。

20 世纪 90 年代，在 S205 省道经过八家村这一路段，公路崎岖曲折，年久失修，经常出现半夜翻车的惨烈事故。无论天气寒冷或者酷暑盛夏，胜虎都会去救人。到底救了多少人，他的心里也没有一个准确的数字。

2008 年 4 月，安化东坪一养鱼大户一行三人，开着一辆越野车，经过这条事故多发路段时，车翻下 20 多米的深沟。那时，胜虎在厂里上班，听到呼救声，急忙和兄弟刘介雄（继父之子）一道，以百米冲刺的速度赶到出事地点，发现三人均有不同程度的受伤，重者足残，肋骨折断。三人都在深沟里痛苦挣扎。兄弟二人毫不犹豫地走向受伤者，费力将三人背上岸，然后，用自己的车子把他们急送到桃江县第三人民医院，并及时垫付数百元医药费。等到伤者的家属赶来，兄弟二人才放心地离开。

在李胜虎的生活中，有过坎坷，但成功总是在他需要的时候向他招手。他是幸运的，一位漂亮的妻子在默默地支持着他，双胞胎女儿读书用功，而且在桃江四中就读时成绩一直名列前茅。小儿子虽然只有 7 岁，但聪明可爱。

该说再见的时候了，下午 3 时许，我和老詹离开了李家。这时，6 月的阳光仍然是那样灼热，但依镇而绕的资江，似一匹蓝色的缎子，随风而动。

20 世纪 30 年代，著名音乐家黎锦晖先生写下了那首不朽的歌曲《桃花江是美人窝》，让桃花江的名字蜚声中外。我知道，美人窝的女子是美丽多情的，如莫桂君，桃花江的男人是勤劳朴实的，如李胜虎！

祝福你们！

夏伟清

2016 年，我开始写乡下市井人物系列。记得系列之一写的是我镇一位孤寡老人，他叫阿明，现在已 80 多岁了。我好多年没看见他了，颇念。《阿明》在常德微信公众号“走向”发出后，引起了很大的轰动，时隔不久，在《益阳日报》发表。

以前写乡下市井人物，大部分都是我熟悉的人物，我是根据回忆写成的。从 2018 年开始，我就出门走访了。为了让他们从内心迸发出来的大爱得到弘扬，也为了让人物在我的笔下栩栩如生，我不顾寒冷或者酷暑，开始奔波省内各城乡。

2018 年 6 月的最后一天，我又一次来到了桃江县鲊埠，开始对一个乡下人物采访。

他叫夏伟清，鲊埠陶公庙村人，1970 年 5 月出生。此公貌不惊人，唇下一痣上面长有两根毛发且细而长，风吹来，左右飘动。他的妻子是一个很漂亮的女人，精明能干，做事风风火火，说话大有一种“路见不平一声吼”的感觉，典型的女汉子。问及她的芳名，答曰：詹泰山！一惊，再细看，果然有一种顶天立地的感觉。

詹泰山 1975 年出生，和伟清于 1997 年结婚，育有一女一子，女儿在长沙工作，儿子 11 岁，在读小学。

夏伟清高中毕业后，1990 年在鲊埠红茶厂、金刚石厂务工。至 1995 年，他和那时浩荡的南下打工人一道，到深圳一家鞋厂务工，一干就是 8 年。8 年来，聪明的伟清默默记住制鞋的每一道工序，觉得自己掌握了制鞋工艺，于是便投入资金10余万元，在深圳龙岗招员工60多人，自己办厂当起老板来了。

可是，命运有时也捉弄人。夏伟清在深圳办鞋厂长达8年，开始时还算顺利，但到后来，他所送货的台湾老板因负债累累，宣布破产后服安眠药自杀了。伟清受到了牵连，所赚的钱几乎亏尽。在这种情况下，他于2017年4月，和妻子一道，回到了自己的家乡。

回家乡后，伟清和泰山一道，在附近的县市转了一圈，最后选择做蔬菜生意。他们在邻村保家楼租了个门面。这里10天有两场集，加上附近村民的需求，生意特别好，几乎是供不应求。在赶集的前一天晚上，伟清驱车百余里，到汉寿花木兰蔬菜市场，进来一批新鲜蔬菜，等赶到鲊埠时，已是次日凌晨4点多了。

2017年上半年，夏伟清以商人精明的目光，发现了凉席生意这一商机。于是，他从益阳进来凉席半成品，然后再把这些半成品挨家挨户送到本县大栗港、武潭、鲊埠以及汉寿县丰家铺等一些乡镇300多户的农户家里，让他们加工成成品，过一段时间，再开车把成品回收，送回厂家。

我写夏伟清写得很艰难。他很忙，总是没时间接受采访。2018年6月30日上午10时许，这天正逢保家楼赶集，我总算逮住了一个机会，进了他的门面，他见了我，歉意地笑了笑，从冰箱里拿出一块冰镇西瓜，然后坐下……

“夏总，你喜欢帮助别人，是吗?”

“如果遇上了真正需要帮助的人，尽尽力吧，人心都是肉长的啊。其实，很多人都愿意帮人的!”

那时，还是他办厂的时候。他的两个员工，邵阳人，在深夜逛夜市，喝了点酒，两个人打赌比赛吃辣椒。天！那可是正宗的野山椒啊。一个小时左右吧，其中一个赢了，赢得好惨。开始是腹疼，是几把刀子在胃里搅动的那种疼，好不容易回到厂里宿舍，没多久，那员工便出现了大吐血的症状。一屋的血腥味，惨不忍睹。伟清知道情况后，二话不说，将患者送到约半小时车程的医院，并请他的舅子陪患者一天一夜。住院 4 天，伟清给他掏了 3000 多元医药费。等患者的病情稳定后，伟清付这个“辣椒英雄”路费，要他回老家静养。

“辣椒哥”很感动，回家休养一段时间，等完全康复后，再度投奔这位重情重义的老板。伟清仍然收留了他，并安排他继续在厂里上班。

时隔不久，在他厂里务工的一对贵州夫妇，号啕大哭地来到夏伟清的办公室。伟清急忙问发生了什么事，从他们边哭边诉中才知道：贵州夫妇 8 岁的儿子和同伴一行 4 人在水渠边玩，不慎掉进水渠，其他 3 个人吓得跑了。小孩子胆小，回家好久才告诉其父母。等大人们急忙赶到出事地点，发现这个可怜的孩子已经淹死了。

天降横祸啊，伟清忍不住也哭了，他边哭边拿出 2000 元钱，告诉这对可怜的父母，这钱是送给他们做路费的，要他们先回去，至于他们的工资，会在第一时间结算并打到他们的账上……

夏伟清的老母已 87 岁了，老人家仍然健康，生活能够自理。也许高龄的娘已不适应年轻人的快节奏生活，一个人单独饮食起居。而伟清的门面离家里约 4 里路程，不管老人多健康，毕竟是年近 90 岁的老人了，虽然其他几个哥嫂很孝顺，可伟清夫妇还是很牵挂。于是，泰山只要稍有时间，便会带一些新鲜蔬菜及老人喜欢吃的食物和生活用品，给老人送去。未落座，泰山便忙着帮老人打扫卫生，洗衣服、被子等，忙完，帮婆婆做一餐可口的饭菜，陪老人吃饭，让老人开心。

老人时常告诉邻居：“我的儿子对我好，我的儿媳妇比儿子更好，她不光是我的儿媳，更是我的女儿啊。”

6 月的最后一天中午，泰山忙去了，到下午 1 点钟的时候，我终于采访完毕，而且，必须回去了。伟清非要留我吃完饭再走，唉，不想再麻烦他了，我就往回赶。

回时，阳光直射在鲊埠刚修不久的柏油路上。沿路两旁的禾苗，青翠欲滴，远远的池塘里，一池荷花正含羞怒放。风飘过，阵阵荷香袭来，令人心旷神怡。

2017 年，我写过一首诗《鲊埠的春天》（《湖南诗歌》2017 年第 2 期），这里的春天很动人，资水依镇而过。

到今天，我发现夏天很有诗意。各行各业的人才在商业大潮中脱颖而出，他们的明天充满阳光，我致以最真挚的祝福！

外　婆

在桃江乡下，以“刘家湾”命名的地名俯拾皆是。当然，局限只是在组或村以上，但我始终认为大栗港镇大栗港村的刘家湾组才是正宗的刘家湾。也许有些偏激，或者笔者本人对这个刘家湾情有独钟。20 世纪 80 年代有首歌叫《外婆的澎湖湾》，我把这首歌改成《外婆的刘家湾》，至于歌词，把澎湖湾直接改成刘家湾就行了。于是乎，那时青葱少年的我，逢年过节到外婆家时，把窜改的歌唱得歇斯底里，引来老表们羡慕的目光和长辈们赞许的目光，便开始自鸣得意。

儿时的刘家湾，是理想的精神圣地，也是老表们冲杀的战场。

累了，便在外婆的招呼下，坐到大木桌旁，接着，上来一碗红枣红糖煮鸡蛋的汤，陆续还有瓜子、花生、糖果、盐萝卜之类，俗称呷茶，我先吃鸡蛋，然后吃红枣，枣核吐在地上。

有一次，表妹安突然大惊小怪地指着我说："你看你看，他好好吃哟，地上吐了好多红枣骨头。"

这时，8 双眼睛（包括我自己）一齐看着地上。

这时，我不觉得尴尬，而且脸居然一点也不红，反唇相讥："安，你比我还好吃呢，我吃了红枣还有枣核，你看，你连枣核都吃了。"

大家哄堂大笑，笑得最厉害的是外婆。

外婆有两儿四女，6 个儿女生了我们 17 个表兄弟姊妹，所以，逢年过节很是热闹。吃饭时，几张大桌子摆满了家里的所有房间，桌子上的菜除了猪肉、豆腐外，其余的都是舅舅种的农家菜。记得我上桌子时，第一筷子夹的肯定是胡萝卜，薄片，红得鲜艳，佐以绿色的大蒜叶，很香。

儿时的头脑里还没有"色香味俱全"这个概念，但我的感觉是：那 11 个菜碗可有可无，目光的焦点始终在这一大碗胡萝卜里。直到吃饱了，我仍恋恋不舍地望着那些的胡萝卜片。

几十年过去了，一种"再也吃不上那个年代的胡萝卜了"的感觉在长吁短叹中滋生。

在我的记忆中，外婆永远是穿着一套朴素的对襟外衣，上衣右边一行布钮扣规规矩矩地扣着。农村传统的教育方式让外婆的一举手一投足都合乎"循规蹈矩"。

外婆膝下的儿女们都继承了这个优点，虽然没有达到“笑不露齿，坐不摇身”的境界，但在社会上，总是能够文质彬彬地对待每一个人或每一件事，所以能够得到社会的尊重。

外婆很善良。虽然老人喜欢整洁，但家里招待客人，邻居串门，总会带些泥土、树叶之类进屋，尤其是下雨天穿着靴子进门的。那时乡下公路还没硬化，一进门便是一行新鲜的泥巴脚印，可一向有洁癖的外婆依然满面春风地泡一杯茶，双手递给来人，然后陪着说话。如果到了吃饭时候，尽管那时的粮食珍贵，但外婆也会热情地留来人吃饭，而且绝对真诚。

外婆一生没读过书，但那些“扫地恐伤蝼蚁命，爱惜飞蛾纱罩灯”之类的话常常恰到好处地说出来，居然还书生气十足，丝毫没有矫揉造作的感觉。

有时，借人家两升米，还时非要让米凸出升子好多。“让人家心里舒坦呢。”外婆笑着说。上了50岁的人都知道，那时的米简直如珍珠般珍贵。

后来，遇上了责任承包制，外婆的家境越来越好了。可是，随着岁月的更迭和新陈代谢的自然规律，外婆真的老了。

这篇文字写到中途，我打了个电话给舅舅，问起外婆的生平。舅舅告诉我，外婆是1993年11月无疾而终的，享年83岁。按照推理，外婆应该生于1910年。

舅舅还说，外婆走得很安详。

25年前的11月，天气很晴朗，完全没有那种哀怨凄楚的感觉，刘姓的父老兄弟们，他们怀着一颗虔诚的心，送这位可敬的老人回家。

现在，已经108周岁的外婆的归宿处，已是一片萋萋芳草了。

见证了三个朝代兴衰的外婆，已安眠于这里25年了。

我写乡下市井人物系列三个年头了，我的粉丝们都是认真地阅读的。忽然有一天，表哥应秋、应华对我说："怎么不写写外婆?"

真的应该写写外婆了。

2018年7月14日，我写完这篇文字，权以祭奠外婆的在天之灵。

是的，岁月告诉我：外婆是不朽的！

薛凤莲

2018年5月，为写乡下市井人物系列的我放弃了休息的时间，在三湘大地上寻找一系列感动人的故事。

7月23日，我接到了一个电话，很陌生，是一个女性打来的。声音很是圆润，略带忧郁。她告诉我：她是看了我的乡下市井人物系列之后才决定打我的电话。她说她现在在桃江乡下，突然有一种向我倾诉的强烈欲望。于是，我们互相加了微信，刚加上，她便开始打招呼了。

这是一位典型的知识女性，从她的字里行间，是"窥一斑而知全豹"的缘故吧，我忽然有一种感动。于是，我决定写她。

她叫薛凤莲，1972年农历正月出生，桃江县武潭镇人，1993年结婚，嫁到桃江县鲊埠，1995年生下一个男孩。那时，23岁的薛凤莲感觉她是世界上最幸福的人。她以满腔柔情，全身心地投入到相夫教子的全职行列，全心全意地履行着一个全职家庭妇女的责任。

从儿子嗷嗷待哺到蹒跚举步，薛凤莲耗尽了多少心血和精力，无从知晓，她说这是她必须做的，儿子是娘的心头肉啊。

儿子在娘的呵护下渐渐长大了。儿子很聪明、乖巧，完全继承了妈妈的聪慧。儿子也很懂事，外面玩耍归来或离开自己的家走向学校，总是甜甜地向母亲打招呼。薛凤莲很欣慰。是啊，一个温馨的家，便足以让她感到自豪！

可是，丈夫总是和她的父母过不去，有时三言两语不合，竟然吵闹不休。没办法，他们只好另租房过日子。在儿子长大的同时，为了生存，薛凤莲在鲊埠企业林立的有利条件下，先后在一些板厂工作长达 7 年之久。

后来，婆婆生病瘫在床上，薛凤莲精心服侍着老人的饮食起居。那时，天生有洁癖的她，面对婆婆不时留下的满床大小便，总是强忍着刺鼻的恶臭，把床上收拾干净。直到 2002 年婆婆去世，老人也是一身干净，面带微笑地离开人世的。

公公是 2001 年走的。薛凤莲和千百万个传统女性一样，披麻戴孝，用国人传统的孝文化，送两位老人入土为安。

2015 年，薛凤莲离婚了。关于这个敏感的话题，我不想去追根究底，每个人都有自己的隐私权。我知道，中国农村女性，没到忍无可忍的时候，是不会提出离婚的。因为她们爱自己的家庭，胜过爱自己的生命！

以后，单身的薛凤莲离开了这片生她养她又让她伤心的家乡。为了生存，她只身前往广东、江苏、浙江等地务工。以后，每一个陌生的土地上，都留下了她孤独的身影。为此，她彷徨，她寂寞，每当夜深人静，她栖息在自己的租房里，幻想自己是一只空酒杯，空出整个位置。

在薛凤莲的传统观念里，行善是一种爱的传播。她说，她的曾祖父曾在京师任四品官。

她告诉我：她看到视频里夭折的小孩的镜头，总是泪流满面，不忍再看。至于从自己薄薄的钱包里拿出了多少钱去参与轻松筹、水滴筹之类，根本没有一个准确的数字。

生存，是一种本能。在无垠的大地上，薛凤莲就这样匆匆地行走着。是啊，父母只生了她们三个女儿，虽然姐姐招了一个上门女婿，姐夫也很孝顺，可薛凤莲仍然肩负着赡养老人的义务。

薛凤莲隔三岔五地给二老寄些钱来，每天一个电话，那自然是不可少的。而且，不管她有多忙，一年总要回家陪陪父母。在娘家，她似未嫁的女儿，和老人小孩相处得很好，一家人其乐融融。

2018 年 7 月 25 日，在武潭镇，我见到了薛凤莲，正如她的名字，薛凤莲小巧苗条。在镇上一家擂茶馆里，她叫了几盘乡下小吃，几份擂茶。作为桃江同乡，我去常德近 20 年，但仍乡音未改。就这样，她忽闪着大眼睛，开始了长达两小时的诉说。

她在外面务工，真的很累。有时加班，到晚上 10 点或更晚下班。尽管天气热，但累得澡都不想洗，便睡。疲劳体虚，失眠多梦，致使她第二天起床精神恍惚。

2015 年 10 月，她去药店咨询，医生让她服用一种名叫玛珈的保健品，虽然贵点，可对改善身体疲惫有事半功倍的效果。

她购了 10 盒，服了两盒后，感觉很好，人的精神状态也改善了许多。在城市打工一族里，像她那种长期处于疲劳状态下的人很多，于是，热心的薛凤莲把这个好消息告诉了她的工友们。

什么叫玛珈啊？笔者饶有兴趣地问。

很多人还不知道玛珈到底有什么作用。玛珈是一种食品，营养成分比冬虫夏草要高得多。它原产于南美秘鲁安第斯山脉海拔四千米以上的高原植物，含58种人体需要的维生素，可以抗疲劳，改善睡眠，调节内分泌，平衡人体荷尔蒙，提高生育能力，增强记忆与免疫力，解酒护肝，等等。

于是，薛凤莲正式放弃了当时一份不错的工作，开始经营玛珈生意。她利用微信和自己良好的人际关系，在自己所在的城市销售并在网上销售这种人们急需的保健品。

“生意好着呢，比在外面打工要强多了。”薛凤莲一脸灿烂。

以后的日子，薛凤莲奔波在城乡之间。她很快乐，眉宇之间常带一些笑意。现在，儿子大了，在江苏工作。父母都很健康。女儿常常回家，老人的晚年也增添了许多欣慰。

在娘家，薛凤莲仍如未出阁的闺女，蹦蹦跳跳，帮老人做家务，辅导侄儿做作业。偶尔睡个懒觉，她醒来后便急急地赶往厨房或客厅……吃完饭后，陪老爸说一会儿话，陪老妈上街逛逛。闲暇之余，拿出尘封已久的笔，写一些文字，充实自己的生活。

“今年我要回家，陪二老生活，一定。”薛凤莲如是说。

在我的乡下市井人物系列之中，薛凤莲实在太平凡了，她没有波澜起伏的生活，就这样快乐地生活，做一门自己喜欢做的生意，赚几个小钱，既孝敬了父母，又充实了生活。

阳光很毒，我们一行是下午三时许离开武潭的。在薛凤莲的家门口，她们母女目送我们离开。

其实，乡下也有用武之地。而且，耄耋之年的父母也希望儿女们常回家，享受天伦之乐。承欢膝下，那是年迈的父母一个美好的心愿。

朱培赋

为了生存，我到汉寿近 16 年，对这里的大街小巷比正宗的汉寿人还熟悉，可迄今为止，还没写一个汉寿人物。好多熟悉的面孔在我面前真诚地微笑着，他们把手伸向我，那是一双双温暖的、能给人力量的手。

我想到了朱培赋。他是汉寿县月明潭乡浏浃河村人，1962 年 4 月 25 日出生，常德市师专中文系毕业。1990 年，在华中师大中文系进修。1983 年，在汉寿六中（朱家铺）教书，后调到龙潭桥乡联校任业务专干。1992 年调到月明潭中学任校长。1995 年到丰家铺联校任校长。2000 年，调到汉寿三中任副校长，2004 年任校长。2010 年，任汉寿一中党委委员、党委书记，并任汉寿县人民政府正科级督学。

2018 年 8 月 23 日，在汉寿县城十字街，我采访了朱校长。

在他整洁的办公室里，朱校长坐在我的对面，他很谦逊，始终真诚地微笑着。

记得是 2016 年，因为一位益阳籍女诗人患强直性脊椎炎，我和我县一位叫黄海的作者在几个群里发起捐款。朱校长在第一时间捐出 200 元。在爱心的鼓舞下，短短 10 余天时间内竟收到捐款 4000 余元。因诗人的病情没有得到改善，只得继续募捐，每次募捐的消息一出，朱校长总是慷慨解囊，从没犹豫过。有时，我内心也有些矛盾，校长毕竟是工薪一族啊，可犹豫再三，仍把救助链接发给了他，校长仍是慷慨解囊，这种情况应该有三次以上吧。

教书育人，本身就是一种崇高的职业。韩愈云："师者，所以传道受业解惑也。"朱校长总是以一位称职的教育工作者的身份，关心和爱护自己的学生。从一些微小的细节开始，包括饮食起居、小病大灾，都会在第一时间出现在人们面前。哪里有了他，哪里便有了主心骨。

1998 年，一个名叫易立红的学生考上了中专，但因家庭经济困难而无法就读。朱校长知道了，毅然从自己微薄的工资中拿出一部分钱，资助易立红读书，而且长达 3 年。直到易立红同学毕业，他调到汉寿县三中才停止资助。后来，当朱校长从丰家铺调任汉寿三中时，立红父母拉住他的手，因舍不得他走而失声痛哭。

以后的日子里，易立红每年年底都会带着一些不菲的礼物，给朱校长拜年。"我劝她不要这样了，她总是不听。你看，多平常。换了谁，都会这样的，是吗?"

其实，朱校长的家境也不算宽裕，一家人生活在县城，其经济来源都是靠工资，加上应酬什么的，几乎入不敷出。后来微信普及了，他认识的人又多，遇上什么水滴筹、轻松筹之类，他仍是毫不犹豫地捐款，每次都是几十上百不等。

在这个物欲横流的世界，像朱校长这样有爱心的人又有多少？朱校长以一颗赤子之心，诠释着一种大爱。

在汉寿一中，一位教师的儿子患白血病，作为一中工会主席的朱校长，在第一时间捐款 500 元，然后，建议由学校组成一个关于救助患儿的募捐会。没多久，募捐会成立，从四面八方汇来的捐款如雪片似的"飞"向指定的银行账号。在短短的时间内，爱心款竟达上百万元。数日后，患儿家长宣布，手术费用已筹齐，请社会各界爱心人士停止爱心救助。之前公开的手机号码停止使用。该教师带着各界人士满满的爱心，带着患儿赴京治疗。

从2011年至2016年，朱校长每年无偿献血一至两次，每次献血都是400毫升。6年来，献血4000余毫升。那些充满爱心的血液，能拯救多少个急需血液的患者，又能把多少患者从死亡线上拉回？我们无须知道这个答案。但朱校长的壮举，能感动许多人，能让许多人感到震撼。

朱校长的低调，让我的采访近乎艰难。在汉寿一中，我走访了一些教育界、文化界的老师们，他们对于朱培赋校长的为人与善良，无不翘起大拇指，大为赞叹。

中午，朱校长热心地留我们父女吃饭，菜很丰盛，氛围很温馨。他陪着我，如久别重逢的兄弟。

我试图深度挖掘朱培赋校长，可是他总是谦逊地摇摇头："我很平凡，真的，只是做了一个人该做的事。人家有难，总该帮帮吧。一年数千元的捐款，对一个个落难的家庭来说，总会有点帮助吧。"

是啊，朱校长，你教书得来的薪资，一年竟然拿一万多元来捐助。你身上汩汩涌流的血液，能让多少在死亡线上垂死挣扎的人获得新生？在人生的旅途中，你仍如从前，面对那些感恩的目光，面带真诚，铿锵地前行。

下午5时许，我离开了朱校长的办公室。这时，汉寿这块古老土地上的黄昏，正彩霞满天……

桐　舅

桐舅是娘最小的弟弟，外婆所生。所以，从我出生的那一天开始，注定了我必须称他为舅。记得小时候，我总爱到外婆家去玩，目的无非一个：外婆家的人宠我爱我，去了有好吃的。

桐舅住的地方叫刘家湾。那时去外婆家全靠步行，我拉着娘的手，蹒跚地走在去刘家湾的路上。依稀地记得，桐舅不管在水田里还是菜地里劳作，只要看见我们娘俩，便哈哈大笑着丢下农作工具，来不及洗手，一把抱住我，荡几个秋千，当时我吓得尖声大叫，娘却笑了。

20 世纪 80 年代，农村开始实行责任承包制。每逢春插、双抢，桐舅总会率领老表们一起来我家帮忙。我那时没到 20 岁吧，对农活很生疏，有时还会帮上一些倒忙，引起一田人的大笑。

儿时的记忆中，桐舅的笑是真诚爽朗的。他喜欢说笑话，脑壳里灵光一闪，几句幽默的话脱口而出，泥巴味极浓，且极富哲理性。一屋子的人用手指着桐舅，笑得喘不过气来。而桐舅却一本正经地抽着烟，板着脸不笑。

记得有一次，我跟随桐舅到马迹塘去玩，傍晚，定好了居住的旅店，每人 4 毛钱。因旅店不供应晚餐，我们只好到镇上随便吃点什么填饱肚子。出门时，他要我记住住处的位置和附近的标志性建筑。我点点头，其实我什么也没去记，只想快点吃饭，心里想的是舅舅是否会弄一点酒喝，并且尽量用谄媚的眼神望着他。可惜他一个劲地往前走，我虽然长得玉树临风，但随舅舅外出，我总落在他后面。刚出门，布鞋踢着一根铁丝，发出一声刺耳的响声。

在一个小餐馆吃得很开心，桐舅居然还给我点了三两散装白酒。可是回旅店时，我们俩东瞧西望地走着，找不到旅店的方向，而舅舅却一个劲地埋怨我：“说好了要你记住位置的，这么大的人却不长记性，唉……”那时，我居然又踢到了那根铁丝，忽然觉得那种刺耳的声音变得柔和了，下意识地抬头一看，那旅店就在眼前！我们俩互相对视了一眼，忽然哈哈大笑起来。

1997 年 2 月，桐舅的儿子华胡端在先锋桥开了家南百货批发部，桐舅便理所当然地当上了批发部部长。经过近 20 年的拼搏，他们的事业滚雪球般不断壮大。于是桐舅的代步工具由单车、摩托车到电动轿车。但舅舅仍一身朴素，抽着劣质烟，批发部没吃完的一丁点剩饭和铲不起的锅巴，他也用水小心地刮下来，然后用塑料袋装好，拿回家去喂鸡鸭。

我到了常德，几年后，再见到桐舅时，他显然发福了，仍然喜欢哈哈大笑。他告诉我，他仍种着自己的几亩责任田和几块菜地，这样，儿子手下的员工所吃的米和菜大部分都是他带去的。“那可是纯绿色食品呢！”说完，他一脸真诚地望着我。

舅舅属鼠，已 70 多岁了。除了身体有些发胖外，仍然可以从他的笑容里找到昔日青春的痕迹。现在，桐舅富了，富得流油。他没别的爱好，只抽烟，酒也戒了。他有时兴致勃勃，约上几个好友或家人，到处游玩。2015 年 2 月，我的小女儿扁桃体发炎，在大栗港镇上住院，于是我便到了久违的刘家湾。酒足饭饱后，桐舅便从他的卧室里找出大堆他旅游时拍的照片，香港、澳门、井冈山……还有好多风景区的照片，我从里面看到一张他在井冈山身穿红军服的照片。

富裕了的桐舅尽管从饮食起居到穿戴都很简朴，对于公益事业，却慷慨大方，从赞助村级公路建设到赞助学校修教学大楼，或者慰问贫困五保户，从没吝啬过，而且出手大方。而他家里，每逢晚上或农闲时节，是一些农民常聚的地方，或品茶，或喝酒……一屋的大笑让刘家湾充满了温馨与快乐。

我有近两年时间没到刘家湾去了，可仍怀念这个让我充满回忆的地方。50 多年前，娘从这块土地上走出去，然后有了我，然后我做了父亲。记忆中的老表们干活的情景不再，桐舅爽朗的大笑却依然如旧……

桐舅，还记得马迹塘镇上那根让我们充满惊喜的铁丝吗？

桐舅，那些油晃晃的烟熏腊肉，那些泛着泥土芳香的农家谷酒，那些舅妈泡制的茶叶、芝麻、黄豆、盐姜热茶，仍在欢迎你的外甥吗？

桐舅，我爱你，爱那个让我永远回忆的刘家湾啊！

何学章

看到“何医生”这个微信昵称时，我似乎看到一个慈眉善目的医生，仔细地把病人的脉搏，微笑地告诉患者病情。

何医生是筑金坝人。

筑金坝属于桃江县大栗港镇，位于 S308 沿线，马迹塘水电站下游的资江河畔，以前为乡级政府辖区，三乡并一之后，和栗山河乡均属于大栗港镇管辖。

2017 年 3 月，我来到了桃江县第三人民医院。就这样，我认识了何学章，或者说，何学章认识了我。

何学章，中共党员，1975 年 2 月出生，原筑金坝乡马灯村人。他曾在广西武警部队服役，1996 年 12 月退役，被分配到桃江县第三人民医院工作至今。

何学章有一个很幸福的家庭，其父何中校老人，20 世纪 40 年代出生，中共党员，原筑金坝乡卫生院院长。老人在医疗阵线几十年，一直兢兢业业，任劳任怨。1970 年他曾获全省医疗卫生行业先进个人，并受到当时国家领导人的接见和合影留念，被选为第四届全国人民代表大会代表。其先进事迹被当时报刊、电台多次报道。退休后，何老仍发挥余热，在当时的马灯村窖村里组任村民组长。那时兴修水利，由于组上缺少资金，老人慷慨拿出 7600 元捐给村里修水渠，在当地引起了巨大的反响。

何学章和爱人萧学珍都是再婚。萧学珍嫁到何家来时，带来一个女儿曹锦。她和前夫离婚时，其前夫执意不要曹锦。何医生是好人，他笑着接受了她们母女。那一年，小曹锦才 3 岁。

曹锦到了何家后，改名何锦宇。2014 年，一个组合家庭正准备安心过日子，谁知，这年 3 月，小锦宇病了，到湖南省儿童医院血液内科检查，发现小女儿患有急性淋巴细胞白血病，就是人们谈之色变的血癌。当时，学章夫妇惊呆了，而何医生所在的医院及邻居议论纷纷。同情之余，有人给学章建议：隐瞒锦宇病情，为她买份保险，等保险在 3 个月生效后，再去医院治疗。也有人说：反正不是亲生的，放弃算了。还有人说：血癌是不治之症，如果去医院，会人财两空的。何学章听了，坚定地摇摇头，既然和锦宇已经是父女关系了，而且自己是一个有良知的医生，总不能见死不救啊。他把刚买的新居廉价卖出，又向银行贷款 40 多万元，加上历年的积蓄，花了 100 余万元，历时 3 年余，小锦宇终于再次背起书包，可以蹦蹦跳跳地去上学了。

是医学上的奇迹，还是何学章夫妇的大爱感动了上苍？何学章告诉我，在小锦宇接受治疗期间，好多熟悉或者不熟悉的人们都纷纷伸出了爱心之手，援助他们。他永远也不会忘记这些好心的人们，他决定用实际行动回报社会，回报这些好心的人们，把爱心传递下去。

这天，他和同事邹劲松去县第三人民医院上班，在门诊部和住院部之间的开阔地带，他们捡到一个钱包，打开后，发现里面有人民币八千多元，还有身份证、银行卡十多张以及一些价格不菲的化妆品。经身份证查实，失物者是娄底人，女性，名叫唐小俏。何医生心急如焚，经多方查找，才找到唐小俏的电话号码。拨打，该电话号码已成空号。后来，几经辗转，他才找到唐小俏的联系方式。两天后，唐小俏从娄底赶来，接到完整的钱物，紧紧握住何医生的双手，感动得许久说不出话来。

为了让爱心接力，何医生还把多年的烟瘾戒了。他告诉我：一天抽两包烟要花费几十元，一年下来便是一个不小的数字。如果把这笔钱用在奉献爱心上，对人、对己都有好处！他说如果遇上诸如轻松筹之类，不管是否熟悉，他总是在第一时间捐上几十上百元，让袅袅青烟变成一种伟大的爱心。何学章医生可谓用心良苦！

2015 年，何学章和马迹塘镇一些有爱心的人开始筹办马迹塘镇爱心志愿者协会。现在已经注册成功，并得到很多单位和个人的支持。何医生告诉我，协会将在马迹塘召开成立大会。

爱心接力由个人到团体，可喜可贺！

在爱心接力的路上，何学章和他的爱心伙伴们一起铿锵地行走着！迎接他们的，是患者康复后的笑容，是社会肯定的赞许。

詹胜文

武潭位于湖南省桃江县西北部，资江北岸，距桃江县城约 50 公里。据《九域志》记载：该镇始于宋代战乱年间，一支起义军队败逃至此，力图东山再起。军队首领召集天下武士英雄切磋武艺，故取名武坛。后人观此处正面临资水拐弯处有一深潭，遂改名为武潭，喻潭深藏龙之意。至今名称未变，是古益阳县八乡之一，可谓桃江县第一古镇。

20 世纪 70 年代初，这个古老而年轻的小镇接纳了一个呱呱坠地的婴儿。他就是我们今天认识的詹胜文。詹家在农村集体所有制时期，遵循着祖祖辈辈不成明文的规律：日出而作，日落而息。多少年来，他们面朝黄土背朝天，以求解决一家人的温饱。

从牙牙学语开始，爷爷便是胜文的启蒙老师。胜文告诉我：爷爷没读过多少书，小时候为生计所迫，当过童工，年轻时被抓壮丁当过兵，抗战时期打过小日本。爷爷练就了一身好武艺，会打锣鼓，在农村中可谓桃李满天下，在当地是受人尊敬的长者。老人一辈子习武，所以身体一直很好，几年前才去世，享年 98 岁。习武出身的爷爷希望詹家出一个文化人，所以，胜文的名字便应运而生。以后的岁月里，胜文的成就和荣耀，不能不说受其爷爷的直接影响。

胜文告诉我：小时候，邻居买回一台 14 寸的黑白电视机，入夜，他便和村里的孩子们挤到电视机旁看《乌龙山剿匪记》，或者到十里八乡看露天电影。回家时尽管已近子夜，他们却仍在兴致勃勃地议论剧情，丝毫没有疲惫的感觉。如果谁有一本小人书，那更有一种如获至宝的感觉。

胜文很倔强，他是家乡出了名的不听话的孩子。据他回忆：有一次在同父母回家的路上，他一时口渴，提出要喝水。父母看离自己的家不远，便建议回家去喝，而胜文非要返回另一熟人家喝水，父母没有同意。胜文便直接和衣躺进路边的水沟里，那时可是冬天。

胜文刻苦，爷爷和父母身上不怕苦、不怕累的基因遗传给了他。如果要走出农村，刻苦学习才是唯一出路。正因为拥有这种刻苦的性格，才使他从小学、初中、高中，一步一个脚印走过来。20 世纪 90 年代，胜文如愿以偿地拿到了大学录取通知书。那时候的大学录取率还不到百分之十啊。胜文从此走进了大学校门，他的华丽转身，引来了多少羡慕的目光啊！

也正是那种倔强、拼搏的进取精神，胜文取得了北京交通大学管理学硕士学位。经过努力，他成为国家一级注册结构工程师、高级项目管理师。目前，他在中石油集团管理局从事油气长输管道的设计和管理工作。

在中石油近 20 年的工作中，胜文成为中国长输管道穿越工程的技术推进者、见证者和管理者，负责和参与几十项国家和国际重点战略工程，足迹遍布非洲、亚洲和欧洲。他主编《大跨度管理悬索跨越设计与施工》一书，参编专著 3 部，主编和参编国家和行业标准 6 部；在国家级刊物上发表论文 30 多篇，并获得各种奖励和荣誉 20 多项。

通过网络，胜文很谦虚地告诉我：“在 20 多年的工作中，我谈不上有多大成就，如果说我取得了一点点成就的话，更多的是源自我在农村的生活与磨炼，源自关心和爱护我的亲人们……

胜文是幸运的，他能够从武潭这个藏龙卧虎的地方脱颖而出；武潭是幸运的，培育了这样一位国家级人才；我是幸运的，能用写惯了诗的手为这样一位优秀的青年才俊书写他闪光的足迹……

祝福武潭，祝福胜文！

华胡端

华胡端大名刘访华。他身材很伟岸，一米七以上的个子。他是我嫡亲老表，桐舅的儿子。听桐舅说，华胡瑞是1972年9月出生的。

华胡端从学校出来后，桐舅要他去六房村学木工，学了多久，学得怎么样，能否做出一条可以承受他体重的木板凳，无从知晓。只记得，后来，也就是20世纪90年代，他随着一支南下的打工队伍去了深圳。在老表曹应军的安排下，他进了一家电子公司做保安。我1991年到深圳找他时，他很清瘦，戴着一顶大盖帽坐在门边，登记着进入公司的人的身份证，那样子似乎很威风。

当时，我仅带了几百元去深圳，一直没找到工作。深圳的消费水平很高，再加上我喜欢喝酒，喝酒又需要一些好菜，而好菜又贵得吓人，这让口袋里的钱越来越少。到后来，终于在某个下着雨的黄昏，我把那杯石岐米酒喝完后，把所有的口袋掏尽也掏不出一分钱。雨仍然下着，我孤寂地走在繁华的深南中路上，好多红男绿女鱼贯地游动着。这时，我只有面不改色心不跳地迎接那些近乎幸灾乐祸的目光。

华胡端和我的老表们，认真地劝我耐心地找工作，一日三餐送到我的手里。两个多月下来，1.76 米的我体重仅 59 公斤。那时我才感觉到，深圳没有我的容身之地。你想喝酒吗？你想写诗吗？可深圳斩钉截铁地告诉你：不能！

在华胡端、军哥以及老表们的资助下，我狼狈不堪地逃离了深圳，辗转到了惠州、河源、广州等地。1992 年深秋，我回到了家乡。再后来，外婆走了，再后来呢，华胡端也回家乡了。

1997 年 2 月，华胡端骑着一辆载重单车到了我家，单车龙头上挂着两瓶白酒和一些橘子。他告诉我，他在先锋桥搞了一个批发部，要我介绍一些经销店（当时还没有超市这个名字）到他那里进货。我应允了，当然也给他介绍了一些人，这是后话。

2002 年，我到了常德，直到小女儿出生前一年才见到了华胡端。记得那天，他开着一辆黑色北京现代小轿车，接我到大栗港镇阳光酒店吃饭。那天晚上很热闹，来了好几位老表，我们吃得很开心。依稀记得我坐在临街的雅座，透过玻璃窗，昔日陈旧的街道仿佛在一夜之间变得繁华起来，一街商品琳琅满目……

女儿临分娩时，又是这位老表，驱车近百公里，悄悄把我爱人送到汉寿县妇幼保健院。华胡端放弃了那天能赚钱的机会，把母女平平安安送到汉寿。直到今天，我仍然记得他的壮举！当时，我还幼稚地给他 200 元油钱。现在想来，是不是一种愚蠢的表现？

前几年几度回家，我也几次到了先锋桥，看看华胡端批发部的主人。遇上吃饭时候，舅舅便炒上几个菜，拿上小瓶的酒，他们照例是不喝酒的，吃完饭便去忙了。桐舅不忙的时候总是坐在桌前陪我说话，一边说酒别喝多了，对肝脏不利，一边又拿一瓶酒出来，打开，斟上一杯，我当然只有半推半就地喝了。

华胡端已成当地首富，他拥有多少财产，自然属于他个人的隐私。而他对当地公益事业的资助，我在《桐舅》一文里面有过简单的叙述。人活在世上，有自己的辉煌和低谷。

富裕了的华胡端很忙，几个手机的铃声不断，白天的时间几乎全在车里面度过。但不管多忙，只要遇上认识的人，不管那人是贫是富，总是把车停下来，热情地请人上车，捎上一段路。舅舅重情义，胡瑞继承了舅舅的有情有义。

华胡端有多少家公司？我无从知晓，也不想去打听得那么详细。作为嫡亲老表，当然所有的语言便是祝福。现在，他一双儿女在大学念书，父母身体健康。

娘

记得 2023 年农历四月初六是我的生日，我第一次感到娘的不容易，我拨通了娘的电话，哽咽地喊了一声娘，正准备往下说话，娘却在电话的另一头，沉重地告诉我：“你看你看，上边屋里二爹死了，好作孽哟……”我准备许久的语言，被“上边屋里二爹”的死打乱了。娘仍在絮絮叨叨地感叹人生的无常，第一次忘了我的生日。娘喜欢喝酒，她一边倒酒一边斜着眼睛看着我，动作很缓慢，如果我要她少喝，她便会及时停止斟酒。这时我心中好痛：娘，儿子让你喝是为了你好，儿子不让你喝，也是为了你好啊。

在我的记忆中，娘是最勤快的，她年轻时的闺蜜竟然是她的婶娘南二妈。多少年前，在家乡纵横阡陌的田野里，一老一小担着一担簸箕去割苏子。苏子是野生且丛生的喜阴植物，到秋天了，苏子成熟了，娘把它们一一收割回去，堆放在禾场里晒着，三天左右，可以用木棒敲出籽来，供销社回收，三毛钱一斤。有时一天可收割苏子十斤左右，在猪肉才七毛四一斤的年代，三块钱可是高收入呢。于是，父亲的烟，我的书杂费，柴米油盐酱醋茶的来源，人际关系的交往……全靠卖苏子的收入。至于农闲时捡禾穗、摘野茶籽、捡红薯、捡闹药鱼……娘从来没有错过。出集体工，娘是从不敢耽误的，祖母 60 多岁了，父亲双目失明，我正在学校就读……一个妇道人家，纵然浑身是铁，又能打几颗钉啊。

娘喜欢看露天电影，20 世纪 80 年代古装戏刚恢复，学校操场里放映《女驸马》，娘吃了晚饭就带着我去了。也许是看惯了冲啊杀啊的战斗片的缘故吧，我对戏剧里咿咿呀呀的唱腔一点也提不起兴趣，娘却兴致勃勃，等电影散场了，听说邻村将接着放映，便不由分说，牵着我的手就走。等到放完，已是凌晨两三点了，娘这才余味未尽地回家。在回家的路上，大家都在议论电影里的故事，众说纷纭，各有道理，反正版本很多。最后娘发表她的看法时，她郑重地告诉大家，那个白胡子老倌的胡子是戴的，因为她看见了挂胡子的铁丝。

娘会插田，她告诉我插田快的“秘诀”，插左边退右脚，插右边退左脚，这样就快多了，而且插的禾苗不会因落在脚窝里而“浮蔸”。桃花江盛产擂茶，但擂茶之家在哪？在我娘家。娘 82 岁了，她用掉了多少根擂茶槌，已无从查考，但娘家的瓷碗盛得最多的并非饭菜，而是擂茶。娘老了，精神大不如以前，但擂茶的手还能左右开弓。茶叶、芝麻花生加嫩姜，渗入山泉水以后，右手握紧擂茶槌在擂钵里来回地擂，震天轰响着。擂好后，加一把喷香的炒米，双手端给客人。客人抿一口，岁月的艰辛、生存的意义，尽在这一碗洁白如乳的擂茶里荡漾。多少年后，我终于明白，娘的需求，只是一碗乡下擂茶、一杯自酿谷酒，如此而已。

擂茶里是不是含有能让娘免疫的某种神秘的东西，我不知道。但能够让我娘顶礼膜拜地喝，无怨无悔地喝，坚持不懈地喝的，便只有这份来自大自然的恩赐——擂茶了。外婆生娘六兄妹，到现在只剩了三姐弟。大舅、友婧娘和玉婧娘都作古了，娘由老三一跃而到老大的位置。前年，娘把伏姨娘接到家里，姨娘耳背，娘就大声喊，直到姨娘听清了，两姐妹便如孩子般大笑起来。姨娘和娘相处了几个月，那几个月才是两姐妹真正的“蜜月期”。灯光下，两颗白头挨在一起，谁也不知她们到底说了什么，良久，两个人都不约而同地笑成一团。如果某天，娘有事出去了，姨娘忙不迭把门拴了。待娘回来推门欲进，却发现门被拴了，里面可看见姨娘一个人在看电视。娘大喊，无果，拍门跺脚，亦无果，姨娘听不见。娘愤怒地大叫：“伏英，伏英，你还不开门，我要骂娘了啊！”

事后娘告诉我时，她已笑得喘不过气来了：“我怎么能这么蠢呢？我的娘她的娘是一个娘啊。”我在桃江县城时，娘尚在汉寿。娘一直担心屋门口几株茶叶树，“该不会被人摘了吧。”“怎么会呢？”我在电话里几度安慰她。农历三月，娘的又一个生日到了，娘在竭力地活下去。有娘的孩子是块宝啊，尽管头上的白发已呈燎原之势，我还是个孩子，因为我有娘。儿子是娘生命的支柱，娘时常和人说。娘亦是儿子生命的支柱，我悄悄告诉娘。娘笑了，我再一次发现：娘的笑很美！

高尚会长

认识高会长是2018年10月。那时，汉寿县城宏达家电超市举办周年庆活动，邀请了我省著名笑星大兵前来助阵。我虽和大兵先生有过几面之缘，但听到这个消息后，仍然急切地赶到宏达。我到达时才下午一点多，大兵还没露面，便抢先认识了在主席台诙谐幽默的主持人高会长。

会长名高尚，1972年出生。确实，名如其人，给人的第一印象便是玉树临风。他先是在主席台主持节目，偶尔恰到好处地高歌一曲，博得了很多笑声及掌声。后来，在众人的期盼中，大兵来了。他们两个人将这次盛会推向了高潮。

为活跃气氛，高尚临时创建了一个来宾微信群。作为那天热心的观众，我当时已经留意高尚的一举一动，而且有了一种急欲写他的感觉。

高尚是湖南省汉寿县朱家铺镇罗坪村人，从小学到常德师专（现称湖南文理学院），16年的求学生涯，一晃而过，似乎没有故事。

1996年走出大学校门后，有音乐天赋的他便和一些同龄的年轻人一起，创建了汉寿高老庄艺术团。尔后，他们的足迹遍布本省9个县市，给千家万户送去无限的欢乐。高老庄艺术团出名了，那些乡下或城市的居民，如果家里有什么婚丧喜庆，都会争先恐后地联系高老庄艺术团，以请到高老庄艺术团为荣。

高会长很累，但也很欣慰，他觉得自己的辛苦付出能给人以慰藉和开心，便够了。

2013 年下半年，高尚根据市场经济的发展，创建了汉寿皇家传媒有限公司，并亲自担任总经理一职。以后，在滚滚的商业大潮中，这位有音乐天赋的年轻人如鱼得水。

他和他的团队一起，活跃在各种喜庆的场合。2015 年夏天，某著名影星来到汉寿，受到了汉寿人民的热烈欢迎。在剪彩仪式上，作为组织者和主持人的高尚，穿插于各位贵宾之中，以东道主的名义，表现出汉寿人民的热情，在汉寿演艺圈奠定了皇家婚庆的地位。

2018 年 12 月 23 日 8 时许，在汉寿县城芙蓉路的梁记粥铺，我见到了精力充沛的高尚。几度约见，真不容易啊，我上前紧紧地握住他的手说："会长好!"高尚热情洋溢，我们的两双手紧紧地握着，很温暖。

我点了一瓶酒、几盘时令小蔬。高尚显然不喜欢喝酒，他叫了一小瓶饮料陪着我，于是乎，采访就这样开始了。

"高尚，汉寿人都称呼你为会长。我想请问一下：你是什么协会的会长啊?"

"我是汉寿县旗袍文化研究协会的会长。"

2016 年 3 月，高尚受常德市旗袍协会的委托，在一些相关政府单位的支持下，汉寿县旗袍文化研究协会正式授牌成立。

汉寿县旗袍文化研究协会成立之后，千年古城沸腾了。女性们争相用旗袍展示自身的魅力，在各种宴会和公众场合，大家闺秀或小家碧玉都以着旗袍为美，给这个蓬勃发展的古城增添了古典与淡雅之美。

通过三年的努力，汉寿县旗袍文化研究协会在高会长及协会骨干徐君莉、王克云、吴广群、李江波、余立英等的默契配合下，由汉寿走出湖南，继而面向全国。从 2017 年到 2018 年，该协会两次到香港参加了为期一周的全国旗袍大赛，并获得了百花奖和表现奖。

2018 年 12 月 1 日，汉寿县旗袍文化研究协会参加了常德市第二届旗袍大赛，其中，节目《卷珠帘》惊艳四座，居各区县节目之首，并获好评。

高尚很关注慈善事业，从 2008 年开始，给朱家铺、军山铺、岩嘴、城关的敬老院一一送上生活必需品，并于 2017 年捐了价值两万元的庆典设备给朱家铺镇教育基金会，以作该基金会成立庆典之用。对于家乡的道路硬化和公益事业，高会长总是一马当先，以成功人士的身份起表率作用。

对于这些事迹，笔者不禁肃然起敬。高尚却说："这些事是我该做的事啊，每一个善良的人都会这么做的！"

他几次提到了他儿子。他说："我最成功的作品是我儿子。"

他儿子叫高祺竣，2000 年出生。

祺竣很聪慧，也有音乐天赋。高尚很兴奋："儿子继承了我的基因。"

几年来，他不惜重金，搜寻名师，为儿子铺垫一条通往音乐圣殿的金光大道。功夫不负有心人，祺竣信心倍增……2018 年 8 月，祺竣以优异的成绩考上沈阳音乐学院。据笔者所知，湖南省只有 3 位学生考上该院系。

在高尚的工作室，我见到了他和许多明星的合影。我忽然感觉，高尚跻身于演艺圈，确实不容易啊。

临近子夜时，该和高尚说再见了。临行前，他告诉我，2018 年只有几天了，也到了最忙的时候。他说："皇家婚庆员工取消休假，他们不是在做活动中就是在做活动的路上。"

接下来的半个月，他将要完成下列除婚礼之外的活动：新华保险客户答谢会、汉寿职中校园艺术节、汉寿县中小学生文艺汇演、汉寿一中校园艺术节、汉寿詹乐贫中学艺术节、汉寿五中校园艺术节、大型车展……

时已冬至，此时的子夜有种冷飕飕的感觉。车窗外，汉寿县城的夜景很繁华，红灯、绿灯不断变幻出冬季的子夜里独有的寒冷……

湖南汉寿皇家婚庆和汉寿县旗袍文化研究协会正大步走向辉煌。汉寿这块古老的热土上，生长着为艺术献身的年轻人。透过严冬的薄雾，我们可以清晰地看到：走在最前面的，是那位叫高尚的会长！

宾　爹

宾爹大名萧雁宾，比我父亲大，按辈分应称伯伯。可是，和父亲上下年龄的堂叔堂伯很多，于是乎，便从他们的姓氏中挑选一个字出来，再冠以辈分，便可笼而统之称爹了。爹者，爷爷之意也（益阳方言）。这是对长者（或老者）的一种尊称。

宾爹瘦且严肃，在我的印象中，他是不苟言笑的。40 年前，村称为大队，组呢，便是生产队，而村民是社员。出工钟声一响，社员一窝蜂出工，或春插或双抢、兴修水利、积肥之类，累了，队长便招呼一声：都歇歇吧。于是，人们就地一坐，卷支喇叭烟，自得其乐地吐出一口口烟雾，便天上地下扯开了。这时，谁都可以说个笑话，荤的素的都行。有时，说笑话的人刚说完，自己便先声夺人地哈哈狂笑，社员们先是一愣，然后使劲地笑，最后竟有一种笑得喘不过气来的感觉。宾爹不笑，也许，透过还没散尽的喇叭烟的烟雾，他的目光会停留在自家自留地的蔬菜、禾场里觅食的鸡、猪栏里等待喂食的猪上。

在我的记忆中，宾爹永远是朴素和勤劳的。夏天，一件蓝而泛白的衬衫透出道道汗渍，那条短裤罩着瘦而长的双腿。他的农具是我们那个地方最好用的，他的菜园里永远是万紫千红，充满勃勃生机。

宾爹的口头禅是：人家出汗，我也要出热气；人家过生活，我也要过日子。这是一句典型的乡下俚语，这句简单的口语里面，表达了一种“出水才看两腿泥”的乡下农民永不服输的个性。俗话说：皇帝家有金锹银锹，也要借人家的铁锹。宾爹却没借过人家的东西，他把农具房里的器具清洗干净后，整齐划一地摆设着。

20 世纪 80 年代，田地实行责任承包制后，农民虽然解决了温饱问题，但一般人却没有多少余钱。过年时，有人甚至要卖掉一些稻谷才能购些年货。那时的乡下，各种小贩们开始活跃起来了，其中最多的便是衣服贩子。没多久，一些只能在城市中出现的尼龙、涤纶织物也进入了农民家里。

一天中午，天气很热，一个操外地口音的年轻衣服贩子到了宾爹家，坐定，喝了一碗宾妈泡的芝麻茶后，便开始吹他的衣服，从式样到质量，口若悬河，滔滔不绝。这时的宾爹，仍然是一身朴素的打扮：赤膊赤脚，身穿一条蓝色且洗得泛白的短裤。宾爹抽完一支喇叭烟后，两个人开始讲价。不知年轻人是故意用激将法，还是认为宾爹没钱，他把编织袋里的衣服全拿出来，摆放在凉床上，然后扯了扯宾爹那条短裤，轻蔑地哼了一声：“我这些衣服全部都给你，只要你有两百元，可是，你有吗?”

“有吗?”宾爹所做出的反应便是忽地站起身，“噔噔噔”大步跨进睡房，立即传来开箱声、翻动器具声……没多久，老人一脸自豪地走出来，手里拿着厚厚的一沓人民币走到年轻的衣服贩子面前，把钱往桌子上一放：“够了吗?”

在我的印象中，我是第一次看见那么多钱，面额十元的大团结整整齐齐地叠在一起，很厚，估计有上千元。突然，我有一种想流泪的感觉：天，这是宾爹面朝黄土背朝天，把一颗汗珠子摔在地上成八瓣而辛苦积攒下来的钱啊。再看那个年轻人，脸上开始由红变白，又由白转红，他呼吸急促，哆嗦着站起来，声音也变得结巴：“大爷，您把我卖了我也不敢啊，这，这……”说完，他手忙脚乱地收拾好衣服，然后，落荒而逃。

宾爹好酒，一口吊锅挂在火塘中间，新鲜蔬菜不停地放进去，边喝酒边吃菜，这也许是现代火锅的雏形吧。宾爹喝酒喝得很慢，也很享受。也许，这是老人一天劳作之余的一种慰藉吧。

离乡背井去另一个城市十多年了，每当夜深人静，我仍在怀念宾爹那一垄垄整齐如被的菜畦与谦逊垂头的谷穗。依稀中，那些乡下炊烟悠悠地飘过，许多往事顿时涌上心头，久久拂之不去。

2015年农历十月，忽然听到了88岁高龄的宾爹仙逝的消息，我先是一愣，后来终于相信了这个残酷的事实。老人走了，而且再也不会回来了。

我清楚地记得，送宾爹入土为安的那天早晨，天空下了好大的一场雾，扯一把似乎可以拧出水来。大雾迷蒙中，一个88岁的老人就这样留恋地望了望生他养他的故土，然后，一步一步颤颤地走进大山，安详地躺在土地的怀抱里。

再满哥

前两天，我打了一个电话给我的邻居，也是我的异姓侄儿瞿巧隆，我告诉他，我想写他的父亲，一个小个子的勤劳的男人。他笑着说：“是啊，父亲是很勤快的，凭一双手，和妈妈一起，把我们兄妹送上大学，把一个家庭建设得和谐完美，确实应该写写啊。叔，就拜托您了。”

这是我写的第56个乡下市井人物。

他叫瞿再兴。再兴兄弟三人，他最小，1959年出生。在我们这里，只要是同一辈、年龄和他差不多的，都可以称他为再满，不褒也不贬，叫者随意，听者满意。空闲时，就地一坐，说几句关于蔬菜和禾苗生长之势之类的话，然后便是今天天气如何。烟，照例是你抽我的，我抽你的。

再满当年分家时，他只分得两间土木结构的房子。结婚后，他先后生育一子一女，于是，便有了如牛负重的感觉。生活在农村，必须依靠自己的双手，在田里土里觅食。

再满善于发现商机，那时，农民双抢或秋收后，稻谷晒干，便担着沉甸甸的一担谷子往三里或者更远的地方打米，顺利时两三个小时便回了，遇上打米的人多，半天还不知道能否返回。看到这种情况，他和爱人萧镜兰商量了一下，便买回了打米机、风车之类。于是，我村第一家工厂便应运而生。

以后，再满夫妻在发家致富这条路上艰难地行走着。他开过黑毛茶加工厂，贩过蔬菜，给人家做过小工……只要能赚钱，不管有多累，他都会参与。

要说累，便是再满加工黑毛茶叶的时候。那时，每逢秋季，农民便会把自家茶园里的秋茶摘下，一担一担送到他的加工厂。再满一一过秤、付款，然后将长点的茶叶剁成小节，放进炒锅炒至温软，再放进揉茶机，接着一担担地摊到禾场里，不断翻晒，干透后，包装销售。

再满哥夫妇舍得吃苦的精神，在当地确实取得了楷模效果。

后来，由于夫妻二人的体力严重透支，或者也想把规模扩大，他们在附近请了一些人帮忙，忙时竟有 20 余人为其做事。一时，附近方圆一公里左右的禾场、屋顶都晒满了茶叶。他的加工厂，白天黑夜机声隆隆，灯火通明，很是热闹。

一担一担新鲜的茶叶收进来，经过再满哥夫妇的辛勤加工，便是一车车半成品黑毛茶被拖走，然后变成一沓沓钞票。

当茶叶加工进入淡季，再满和萧镜兰一起，去马迹塘农贸市场或更远的蔬菜市场贩些菜回来，一人开车，一人称秤收钱，沿路叫卖。

我和再满是仅距数步之遥的邻居，每次回家，总要到他家一叙，有时聊天竟聊到半夜。我几度提出写写他，却被他谦逊地谢绝了："我太平凡了啊，真的。"

是啊，我笔下的乡土人物都很平凡，平凡人说平凡人的事，让天下平凡人在平凡的岗位闪烁不平凡的光芒。

再满告诉我，他做蔬菜生意的时候，遇上一些孤寡老人或贫困户，几乎是半卖半送，人家老了，不能种菜，没菜吃，总不能光吃饭吧！

辛勤的汗水获得了丰硕的回报，1991 年，一栋三层楼房在再满哥旧屋地基上拔地而起，没多久，其子瞿巧隆考上湖南农业大学，后来，女儿师卫也考上了益阳城市学院。

儿女学业有成，再满哥夫妇的干劲更足了。

2017 年，我再度回到了家乡，到再满哥家时，他爱人已到广州去带孙子了，只有他一人在家。那晚，我住在再满哥家，他告诉我，他现在在筑金坝一家超市务工，每月有两千多元收入，早去晚归。当然，不必去栉风沐雨了，他自己买了一辆小轿车。

这样写再满哥，似乎有点儿记流水账之嫌，几十年的邻居，当然是再熟悉不过了，但真的把往事一一串起，似乎很是费劲，我仍然絮絮叨叨地写着，试图把瘦个子的再满哥写得丰满，但很难尽人意。

翁　妈

那是一个盛夏，农人们都在忙“双抢”，时至中午，忽然下起了大雨。人们急忙丢下手中的饭碗，冲到禾场去抢收晒垫里晒的稻谷。雨越下越大，连近在咫尺的斋饭山也看不清楚了。

翁妈就在雨下得最大的时候走的，那年她虚岁 73 岁，在同龄人面前，她的年龄是较高的。翁妈走的时候，还咬字清晰地叫着我的名字，然后缓缓地闭上了眼睛。我和父亲号啕大哭。昏黄的灯下，父亲的堂弟虎卿叔叔为已经一身僵硬的翁妈换衣服，他边换边轻声地喊：“婶娘啊，你就软和一点吧，虎伢为你穿衣呢。”她穿上了过年才穿的新衣服，脸上蒙了一块干净的布帕，静静地躺在床上。

那时，我突然有一种奇怪的想法：我这时叫一声翁妈，翁妈会不会应声坐起来和我说话？翁妈耳聋，依她自己的话说，几十年没听见过雷响。翁妈的衣服虽旧但很干净。翁妈勤快，一天到晚忙里忙外，如果需要休息一下，便会搬条板凳坐在台阶上，卷一支喇叭烟，猛吸一口，让烟雾从口腔、从鼻孔里徐徐出来，然后舒服地眯着眼睛。翁妈喜欢抽烟，她的烟丝也切得细而且均匀，这也许是七十二行中的又一项技艺。于是，每当农家栽种的旱烟成熟的时候，翁妈就忙着去各家切烟。那时的乡下才是一块真正的净土，帮人忙是不要工钱的，翁妈切一天旱烟回家，人家会送一袋黄灿灿的烟丝作为馈赠。这时翁妈会喜滋滋地接了，珍藏到枕头边。一个装满烟丝和纸片的塑料袋便是翁妈满足的人生，她烟瘾大，但不耽误忙家务。她的烟袋是她的图腾，如果有一天不见了烟袋，她会一边念叨一边到处寻找："掉哪里去了呢？我刚才都吸了烟啊。"如果十多分钟还找不到，翁妈就崩溃了："天啊，烟袋不见了，我'断粮'了啊！"那种"天欲灭我，如之奈何"的绝望，让我在翁妈去世近四十年后想起，仍然泪流满面。

翁妈卑微地生存着，遇着上邻下舍总会一副笑脸迎上去。她称呼人是跟着我称呼的，比她小一辈的人也是叫"叔叔伯伯"，而且绝对真诚。那些"叔叔伯伯"却不好意思了，他们提出异议。翁妈会笑着说："应当的，应当的啊……"

翁妈的脚很是丑陋，那是她那个年代的畸形审美观造成的。那时，女性崇尚三寸金莲。当女孩长到三四岁时，大人便会用裹脚布残忍地将孩子的脚压迫蜷缩成一团后固定，到定型后再松开，其最高境界便是她们的小脚能在米升里转动。后来，到了民国，政府不准裹脚了，禁锢在女性脚上的裹脚布才得以松开。翁妈的双脚解放了，可惜到松开时脚已成畸形了。

翁妈常去她娘家，那时舅爹舅妈尚在。但翁妈是绝对不睡在娘家的，她吃了中饭急着要回家。舅爹、表叔知道她的性格，也就不挽留了，送她到了沙河口，让翁妈一个人回家。

后来，乡下人都不种旱烟了，大家都改抽那种八分或一毛钱一包的劣质香烟。可翁妈节约，她会把一支烟从中掐断，用纸包了再抽。这样，一支烟可以抽两次，而且不留烟头。这是一种穷人式的节约，翁妈却乐此不疲，她坦荡地我行我素，没有半点羞于见人的感觉。在翁妈 60 多岁时，她突然得了一场重病，严重吐血，吃不下饭，那时医疗条件差，去医院检查也没查出个所以然。邻居都来看她，什么肉啊，面条啊，红糖啊，都会带一点送给她。翁妈虽然病得很厉害，心里却异常清楚。放学后我到床前看她时，她会送糖给我吃，并一五一十地告诉我，今天谁又来看她了，带的什么礼物，全生产队还有谁没有来之类的话。我喂她吃饭，她会勉强吃点。看着她的样子，我的眼泪不由自主地流了下来。她看到我哭，用无力的手拍我的肩膀，告诉我："放心啊，乖孙，翁妈是不会死的，你看你看，翁妈几时骗过你？"

翁妈真的没骗我，没多久，她奇迹般地好了，慢慢地，又可以干活了。翁妈勤快，她是闲不住的，柜里的碗筷、身上的衣裳，她都会洗得干干净净，屋里也打扫得一尘不染。她炒的菜只能用"烂熟"二字来形容。到了少年时，有同伴来我家玩，如果太晚他们还没走，翁妈就会不近人情般把油灯吹灭，怕浪费了煤油。每到这个时候，父亲就会解释："天晴无露水，老来无人情呢。"同伴们点点头，表示理解。我家后面还有一间单独的房间，木质结构，有楼板和地板。年幼时，我和翁妈就睡在这间房里，到了冬天，翁妈不脱棉衣棉裤睡觉，她怕冷。第二天早晨，把被子一掀，就可起床了。和衣睡觉是极不舒服的，我试过，翁妈却习惯成自然了。

儿时喜欢听故事，我上床后就缠着翁妈讲故事听，可翁妈的故事资源很贫乏，她会讲的，只有一个老虫外婆的故事，尽管是孩子家，听久了也会生厌。翁妈因为耳聋，和人沟通困难，于是只得歉意地把我送到父母床上去睡，然后叹着气独自去睡。夏天天热，而解除闷热的，只有一把摇起来哗哗响的蒲扇，入夜，翁妈的扇子一直机械地摇着。如果她进入深睡眠而停止了摇扇，我只需轻轻碰她一下，那扇子又有规律似的轻轻摇起来了。一件蓝色的对襟衣服容纳了翁妈的整个人生，她的头发呈灰白色，她的脸上布满了皱纹。翁妈笑得很少，生活的重担让她的脸上布满了愁云。在人家的眼里，翁妈是一个可有可无的人，她只是机械地活着，不贪恋人生，亦不恐惧死亡。

但我依恋翁妈，我只愿在每个月白风清的夜晚，仍依在翁妈身边，听她讲了一万遍老虫外婆的故事。我不需电风扇和空调，我愿为翁妈摇扇子驱赶蚊虫。我记得年幼时曾承诺了翁妈："你带我一小，我养你一老……"可翁妈仍然义无反顾地走了，她走时离去的身影愈来愈小，没有回头。

这篇文字我写了整整三天，哽咽着写，流着泪写。现在我能去哪里寻觅离开了这个世界整整 38 年的翁妈？梦中，翁妈一如 38 年前的模样走近我，她笑着问我：你还在写吗？

张德明

儿时，我常去栗山河，从家里步行约两公里，便到了一个古朴的渡口。渡口不大，岸上长满了杂树，属不落叶乔木，那绿色的叶片很好看。这时，你可以躲进树荫，静候一叶木舟咿呀而来，然后于渡口泊住。木舟可以很老，艄公也可以老态龙钟，但资江河面的风霜让老艄公仍然精神矍铄。现在，他应该看见我了，他是认识我的。我应该叫老艄公大爹、二伯之类。他热情地招呼我到船上坐下，然后，便是“你是某某的崽，嗯嗯，又长高了”之类的话，我讪讪地应道。等船上上来三五人后，老艄公才意犹未尽地望望渡口，确定暂时没人来过河了，忙把竹篙往岸上一点，撑开，将船掉头，改用橹。老人熟练地用木桨划开水面，让一圈涟漪渐渐扩散，缓缓波动。这时，满世界的诗情画意便在资江的水面上铺展开来。前面是远方，心中有诗，人呢，便沉浸在一幅立体的画面里，浑然忘却了这尘世间的喧嚣。

河面不宽，抽一支烟的时间，便到了对岸。这时，我弃舟登岸，到栗山河街道后，不必转弯，便见一条宽且直的乡村公路向前延伸。这里因张姓人居多，被称为张家村。

村后有座山，山叫老灵山。

山很老，人们都不知道它是什么时候叫老灵山的。但这里的居民却很年轻，比如说思想新潮，比如说观念超前……

我必须去见一个人，因为我的好友詹显姣几次热情地推荐，而且，他锲而不舍的精神让我不由自主地走向他。

他叫张德明，字恒霆，1973 年出生，如牛，耕耘在自己经营的土地上。

小时候的张德明无疑是很幸福的。一家四口人，除父母外，他还有一个小一岁多的妹妹。父亲是村里的会计，虽然家庭生活清贫，但一家和睦，倒也其乐融融。

后来，德明兄妹上初中的时候，父亲为村里搞水浮莲实验，每天在水里工作长达 8 小时，而且一浸就是 3 个月。实验虽然成功了，但父亲却为此患上了严重的风湿病。不久，德明考上了高中，妹妹也读初二了。虽然那时的高中每学期学费仅一百多元，但父亲的工资显然不够兄妹的学费开支。在微信聊天中，张德明告诉笔者，他读书时很艰苦，学习极刻苦，从家里到学校有 30 里路，每周日都是徒步来回。周日上午去学校时，家里炒两大瓶干菜到学校，吃一周。当然，学校有新鲜菜卖，可他没钱买。

高二时，父亲的双腿风湿病更加严重，已无法从事体力劳动，没办法，只能辞去工作，从此，一家人的生活陷入了困境。妹妹首先失学，那时，父亲还想借钱供德明读书，想德明今后考大学。张德明看到这个举步维艰的家庭，看着愁容满面的父母，毅然放弃了学业，用稚嫩的肩膀挑起生活的重担，那一年，他 17 岁。

父亲在村里工作时尽心尽力，深受村人的拥戴。也许真的应了好人有好报的说法，经过几年的休养和治疗，父亲便能干一些轻松的活了。这时，22 岁的张德明和妹妹南下广东务工，试图让这个清贫的家庭富裕起来。到广东不久，妹妹先进了厂，德明在工地上从事繁重的体力劳动，然后打零工、做搬运工，在屋檐下、草地上睡过。后来到了惠州，进了一个小厂，为了弥补失学的遗憾，他一面打工，一面自学。两年后，他拿到了函授大专文凭。

为了学到一技之长，德明到惠东县制鞋设计中心学设计，当时认为只要学点本事，便可以享受高薪待遇。可是事与愿违，当他拿着文凭、技术证到东莞找工作时，却处处碰壁，奔波 3 个多月，也没找到理想的工作，失望之余，他挥笔在东莞长安沙包头老乡的租房墙上写下了《落长安》，来抒发自己愤懑的心情。

雄心勃勃征华南，千里辗转多奔忙。

艰辛奋斗为伟业，壮志难酬落长安。

后来在朋友的帮助下，张德明到了深圳。这时，他已放弃了高薪待遇的梦想，准备脚踏实地地从头做起。进厂后，他努力工作，认真地学习技能，大胆向经理提出了一些管理建议，渐渐受到了厂方的重视，并在一年后成为一个部门的主管，工资也相应提高。

正当德明的人生旅途进入转折点的时候，父母来电让他回去。儿子 26 岁了，父母希望他能成家。这时他只能含泪告别深圳，选择回家 ，在父母之命、媒妁之言下，完成了自己的终身大事。

婚后，德明选择了留在自己的家乡干一番事业，经过一番思索与市场调查，他决定种植大棚菜。那时，桃江县的大棚菜刚起步不久，很多人不相信会成功。有人嘲笑，有人叹气，连新婚的妻子也不太赞同。开弓没有回头箭，德明义无反顾地走上了这条创业路。刚开始起步时，他到益阳兰溪参观学习，并买来了大量书籍充实自己。经过两三年的摸索，他终于掌握了基本的种植技术，能培养出菜苗和蔬菜了。为了方便当地村民，他在老灵山村三岔路口，搞起了集贸市场。后来因为事太多，分身无术，他不得不取消了集贸市场。

随着时间的推移，张德明在栗山河一带已小有名气。当地人都喜欢吃他种的蔬菜。而其蔬菜种苗也开始走出栗山河，销往全县各地，并得到了广大农户的好评。

张德明有名气了，有人希望他离开家乡，出去传授种菜的经验，可他谢绝了。他说他忘不了自己的家乡，他愿意培育出更多健康、绿色的蔬菜，为家乡点缀绿色的希望。

春暖花开，便是张德明销售种苗的时候，对于每个购买菜苗者，他都会不厌其烦地讲解栽培、治病治虫技术。一些特别贫困的村民，他只收半价甚至免费。记得在10年前的某一天，德明去株木潭赶集，一位70多岁的老奶奶想买一把辣椒苗栽种，但临买时又犹豫不决，一问，才知道老人年高，不能挖土栽种，儿孙在外，想种些菜自己吃，可力不从心。德明流泪了，在农村，这种情况比比皆是。他让老人等一下，散了集后，便跟老人到家里，帮她挖土、栽植菜苗。老人千恩万谢，可德明摇摇头，他觉得这都是自己应该做的。

听詹显姣女士说，德明还是一位不错的诗人呢。在初中时，他便做起了作家梦。初二时，他是班长，某天，和学习委员一起组织了七八个爱好写作的同学，组建一个叫海燕的文学社。在成立的那天，老师认为他们在拉帮结派，便强制地解散了。但德明的写作梦在那个时候已经生根，无论在外务工，还是在家乡种菜，他都没有放弃手中的笔。以后，他利用一切可利用的时间，创作了一本自选诗集《滚烫的青春》，他没有拿去发表出版。

2018年，张德明和老同学詹显姣邂逅。这位初中时的同学，心怀家乡，情系乡梓，为给家乡修建一座横跨资江的大桥到处奔波。德明如千百万个大栗港人一样，感动于老同学的壮举，从2019年元月份开始，相继写下了《情梦故乡桥》《你也多娇》

《点燃梦想》三首鼓舞人心的诗，为家乡修桥大业呐喊。他告诉笔者，也告诉所有支持和关注修桥的人们，他要尽自己最大的努力，为老同学助威，为修桥壮举讴歌！他决定为建桥写一本诗集：《栗山河的梦》。

好样的，德明！

我相信，在不久的将来，我将用自己的脚步铿锵走过栗山河新建的大桥，沿张家村那条崭新的小康大道，来到老灵山，来到德明家门口，然后，轻轻地叩着门说："兄弟，我来看你了。"

我可以吃你的新鲜蔬菜吗？我可以喝你的乡下谷酒吗？我可以盘膝坐进一缕乡下的风里，聆听你的故事吗？

当然，我告辞时，必须带走你豪爽的大笑，你地地道道的栗山河方言，还有你签过名的诗集：《栗山河的梦》。

奇　志

太乙村是个村名，初一听，还真有点仙风道骨的感觉。这里距资江约有两公里之遥，山平缓，路很整齐，步行或驾车，都有一种赏心悦目的心情。风可以掠过耳际，眼无俗物，耳无俗声，浑然如置身在世外桃源。

奇志，张姓。我认识他的时候，正是2019年暮春。

张是栗山河的大姓，到张家村，你无论遇上哪一位男性公民，可以根据年龄的大小，在张姓后冠以或哥或叔或爹便行了。叫者真诚，听者舒坦。旅途倦时，张姓人便会邀请你进屋，喝茶饮酒，让你体会到栗山河人的热情豪爽。

一进村，我便邂逅了张奇志。

张奇志，栗山河太乙村（现属大栗港镇松木桥村）人，1969年10月出生。1984年，父亲在36岁那年，因意外事故去世。这时，年方15岁而品学兼优的张奇志选择了辍学。

父亲走了，娘才34岁。兄妹三人，奇志是老大。在猝不及防的情况下，一副沉甸甸的重担便压在他的肩上！他面对的是一个什么样的家啊，祖父母尚健在，弟妹年幼，负债累累。那时，不少人担忧：这个家垮了，三兄妹会过苦日子的……

继父志，发奋图强

遵母咐，勤俭持家

这是一幅并不工整的励志对联，对联的主人便是年方16岁的张奇志。

张奇志的父亲是改革开放后的第一批个体户，为此，张奇志继承了父亲的衣钵，继续开店。他晚上加班打豆腐、魔芋，弟弟白天走村串户去销售，妹妹则在家里帮妈妈做事。为了赚钱，他还开了一个大米加工厂。一家人就这样活下去。

那时的太乙村，还没有通电。

可是，后来呢，村里通电了，张奇志的柴油机大米加工厂被迫关停。四年后，年轻的妈妈选择了改嫁。娘太苦了，张奇志默默地想着。

后来，奇志学了一门兽医技术，利用休息时间为村民们的牲畜治病，补贴家用。1990年，奇志修建房子，然后结婚成家，然后妹妹出嫁……沉重的债务没有让他的头颅低下，他总是乐观地行走在自己的路上，不言放弃！

说起自己的爱妻熊令云，张奇志一脸自豪：当年，妻子怀孕了，还背着个大背筐去野外扯猪草，而每年辛辛苦苦喂大的猪，都被卖掉用来还债。

儿子出生了，张奇志夫妇在欣喜自家添丁的同时，感觉自己更加辛苦了。没多久，弟弟去广东打工，他很懂事 ，每个月的工资除了生活费后便按时寄回家，让这位长兄保管。弟弟结婚时，奇志把他存的钱如数交给他，并送了一份不菲的贺礼。在弟弟的婚礼上，兄弟俩热泪盈眶。这个家不但没垮，而且兴旺起来了，能告慰父亲的在天之灵了!

弟弟结婚后，奇志办了一个凉席厂，其产品远销东北。可是到了第三年便亏了，把前两年赚的钱都亏了，亏了就亏了吧。跌倒了，爬起来，微笑着再干！张奇志挽起袖子，一头扎进不锈钢铝合金以及装修行业，用自己的拼搏和汗水，证明自身的价值!

这时，奇志的爷爷、奶奶均已年迈，特别是奶奶，生病瘫痪，长达 8 年。也是这位长孙，每年去广州之前，将药物备好，安排好照顾老人的人。由于奶奶年事已高，脾气不好，照顾的人一般干不了多久便走。奇志每年回家都是再度高薪请人照顾奶奶，并且除了把护理工资交给护理人后，还额外包一个一千元的大红包。奶奶虽然瘫痪，但神志清醒，在走的那一天，拉着孙子的手说：“奇志啊，奶奶拖累你了。我走了，你也解脱了!”

对于母亲，张奇志做到了百依百顺。母亲年老，喜欢啰唆。可是，不管老人有理没理，奇志总是面带微笑地聆听着。在三兄妹里，他是脾气最好的，心态也好。母亲和继父要是有个三病两痛，奇志便会在第一时间为两位老人寻医问药，并及时送到他们手里。他说，他仅仅做了一个儿子该做的事，无须张扬，一切都在情理之中。孝顺长辈，是中华民族的传统美德！从没有听说，哪位儿孙辈孝顺，把一个家庭孝顺穷了的……

对于外祖父、外祖母，奇志有一种莫名的心疼。外婆在世时，因为他家穷，给外婆的钱很少。外祖父家临近资江，缺少柴烧，奇志唯一的孝顺便是经常给他们送点柴去。后来，外婆走了，奇志的家境好了一些的时候，如果有人回栗山河，他便托人带几百块钱给外公。“这样的外孙真的世间少有啊。”一位叫刘彩华的人感慨地说。

有一年，弟弟添了个儿子。作为长兄的奇志，从广州赶回家去喝侄子的满月酒。当他听到母亲说，其实你外公很想来，可是不方便啊，奇志二话不说，骑着车接来外公。他说这是外公最后一次来他们家。那天晚上，他必须回广州了。在繁忙中，他也不忘把外公回去的车安排好。

对于公益事业，奇志显现出一种本能的热心肠。在松木桥八河湾进老灵山的一个地方，有一个九十度的直角，这里经常有大小车祸发生。张奇志回老家的时候，特意买了一面凸透镜回去，让村里人安装在那里。从此，再无事故发生了。后来，村里想把那路改直，并建一座桥。奇志知道这个消息后，忙写了一份倡议书，并立即捐出一千元钱。在他的带动下，村民们纷纷集资，没多久便凑了几万元。令人遗憾的是，由于若干原因，这座桥到现在仍没修成。后来，奇志得到了一个让他开心的消息：2019 年，政府会把路改直，把桥修好。

村里修路或者把路扩宽，奇志总是在第一时间捐出不少的钱。村里安装路灯，还有 13 盏路灯没钱装了，他和自己的好友张赛华、张良华商议，决定由他们出钱装路灯。

奇志不管在哪里，只要有需要帮忙的，都会帮忙。有一次他去一个客户家装窗子，装完后准备回家，开门，发现门不好关。于是，他退进屋，打开工具箱，耗时 20 分钟，把门修好了。“何苦呢，没事找事啊。”有人说他。可奇志微笑地告诉人家：帮人是一种美德，在帮人的时候，其实也是在帮自己！

对于儿子，张奇志一脸的自豪！

“儿子读书用功，从来不用我们操心。从小学、初中、高中、大学，一直到中科院硕博连读，都是自己管自己的。”张奇志说。

对于小儿子，奇志希望他学习哥哥，努力学习，成为一个对社会有贡献的人。

张奇志有一个好习惯——天天写日记，30 年来，从不间断。闲暇时，他想想以前的生活，看看自己走过的路，想想帮助过自己的人，常常一个人泪流满面。感恩社会，感恩生活中的点滴与艰辛，便是一个人从贫穷走向辉煌的重要因素。

致富不忘乡梓，孝顺便是大义！

张奇志，这个社会太需要你这样重情重义的人！

采访这位从栗山河太乙村里走出来的企业家，很是艰难。他忙，到子夜，我们才可聊上一阵。他的故事很多，很感人，比如关于亲情血缘、关于友谊或者乡土情结等。他沿着父亲的轨迹，然后走出乡村！乡村给了他生命，城市给了他天地，他仍然带着旧日的微笑，从城市回到乡村，从乡村走到城里……

詹立军

我的乡下市井人物从栗山河、鸬鹚渡转了一圈，然后，沿资水而上，再次回到了鲊埠。

乘一叶咿咿呀呀的木舟荡过资水，便到了鲊埠街，从那条崭新的柏油路进去，没多久，到了黄金村地界，左转，约 10 分钟之后，大水田依稀在望。

尽管是暮春，这里仍然鸟语花香。

请问：您知道大水田村的大湾里组吗？

请问：您认识詹立军吗？

就这样，在 2019 年 4 月的某一天，我认识了时年 42 岁的詹立军。

这是一个很幸福的家庭，三世同堂，老老少少 10 余口人，几间房舍，一个屋檐，一缕炊烟袅袅，几张笑脸迎来……可是，过去呢？家庭条件不好，立军父母都是老实巴交的农民。遇上灾年荒月，父亲便挑上一担箩筐，去百十里外的汉寿亲戚家借米。那时交通不便，来回 200 多里完全靠两条腿走，而且，回来时，肩膀上还压着一副沉甸甸的担子。

童年时的回忆充满了苦涩。立军兄弟二人，从小学到初中，每天都是从学校到家里，再从家里到学校……在读小学时，启蒙老师叫薛仕荣，詹立军拼音学得特别好，为以后在外面打拼时与人交流打下了良好基础。

初中毕业后，詹立军便随着南下大军，融入滚滚的打工大潮。他奔波在广东东莞、江门、新会等地，进过厂，在工地上背过水泥。最艰苦的是在湖南郴州的一家煤矿，他去好深的井下挖煤，那个时候，才叫辛苦啊。

回忆以往，詹立军用一种感恩的心情告诉笔者：他家土地多，小时候兄弟俩都帮不上忙。遇到农忙时，每年都是他的几个舅舅舅妈、姨父姨妈从栗山河过来帮忙。

从 1994 年伊始，立军走进东莞，几经辗转，然后自己买货车跑短途货运。直到 2002 年农历十二月，他和爱妻李可云结婚，然后拥有了两个儿子。

2018年下半年，詹立军的湘煜灯饰厂开起来了。

从小，父母教诲兄弟二人，要尊老爱幼，团结邻里，乐于助人。父母的教育他们一直谨记！优良的家风家训，让立军谦虚谨慎地生活。夫妻结婚10多年，恩恩爱爱，相敬如宾，孝敬老人，和睦乡里，用平凡生活中的点点滴滴诠释了家与爱的真谛。因工作繁忙，夫妻不能长期陪伴老人与孩子，但每逢节假日，便会回家陪伴老人，把孩子带到身边，让老人享受天伦之乐，让孩子拥有幸福的童年。

对于公益事业，詹立军更是以身作则，教育孩子要乐于助人。2016年7月，他加入桃江县众心志愿者协会，并在百忙之中抽空参与协会的帮扶公益活动，用自己的行动给孩子做榜样。立军的善举，他的家人也十分支持，特别是小儿子李浩然，小小年纪常常跟随父亲一起去参加帮扶公益活动。

立军夫妻常年在外地工作，所以，他们亲自参加家乡的公益活动并不多。为此，他们利用闲暇时间，组建了一个“爱心之家”的微信群，倡导群成员热心公益，回馈和感恩社会。他告诉笔者，要将“爱心之家”向有关部门申请，让其成为一个民间组织，让成员尽其所能去帮助更多真正需要帮助的人。

“立军，‘爱心之家’的发起人是谁啊？现在，群成员有多少呢?”笔者问。

发起人有詹萍、詹立志等。到目前为止，“爱心之家”的成员近300人，入会自愿。群成员每人每月交纳会费10元，其会费用来帮助桃江县范围真正需要帮助的人。以“扶贫助学”和“敬老助残”为主要活动内容，坚持“奉献、友爱、互助、进步”精神，服务弱势群体。

立军告诉我：他因为长期在外地工作，每次爱心活动都是家人代他完成，所以，他亲自参加的活动并不多，但有几个活动，到现在仍然记忆犹新。

2016年，具体哪一月忘了。詹立军前后两次开车去桃江县城，接县众心志愿者协会常务理事詹萍、湖南省詹氏协会副会长詹会其和拨云小学莫正年老师，前往鲊埠大水田村詹凤朝家里慰问和送助学金。

2017年1月，由立军带队，朱桂军、周静、莫正年老师一行人去大水田村，走访慰问就读于拨云完小六年级的李婷全家，并于同年2月送去助学金1000元和一些生活物资。

2017年8月，詹立军和朱桂军、熊雪兰、张林在大栗港镇小栗港村妇女主任龚建红的引导下，一起到该村熊有粮家慰问并送爱心款1000元。

2018年7月中旬，桃江县众心志愿者詹立军负责开车，接送武潭薛壮志、周世平等人，前往马迹塘、武潭、鲊埠三个乡镇九个贫困学子的家里，从老师、邻居、村委及县助学对象家庭中了解并核实情况。让立军感动的是，协会负责人詹萍当时正在医院接受治疗，听到这个消息，她急忙拔下吊瓶，随同而去，从下午5时开始走访，到晚上11时才忙完。这时，立军饿着肚子从鲊埠出发，送詹萍回到桃江县城。

立军一家十余口人，三代同堂，组成一个和睦的大家庭。兄弟间互帮互助，妯娌间亲如姐妹，一家人从没红过脸，更不用说吵架之类。

夜深了，万物进入了睡眠。这时，时年42岁的詹立军想到了从前。

那是20世纪70年代，立军刚出生时，家里人连饭都吃不饱，父亲挑着自己织的竹席到汉寿去卖，然后粜米回来果腹。几十公里崎岖的山路啊，一担竹席出去，一担米回家，全凭一种毅力和两条丈量岁月的腿。

42 年后的今天，詹立军在商海遨游。他成功了，但他致富不忘乡亲。2018 年他加入众心志愿者协会，后来被评为优秀志愿者。

他忽然有一种莫名其妙的感动，桃花江这片神奇而美丽的土地上，涌现了这么多优秀的儿女。他们用自己的善良与大爱，谱写了一曲可歌可泣的赞歌！

我为他们骄傲，也为自己是桃花江一分子而感到自豪！

真　价

汉寿县城鸿运街，兄弟土菜馆。

坐在我面前的这位女性，叫温建真。桃江县大栗港镇筑金坝村人，1967 年农历正月出生，微信昵称：真价！

建真的娘家在大栗港镇青山村，建真兄弟姐妹 7 人。幼年时，她艰难地度过节衣缩食的童年，然后进入学校，到了 20 世纪 80 年代中期，和母校告别。

1989 年，真价和筑金坝（现属大栗港镇）的李义如结婚。1990 年，大女儿降临。1995 年，儿子出生。尔后，真价和千千万万的农村主妇一样，除了相夫教子之外，便是遵循着祖辈遗留下来的不成明文的规定：日出而作，日落而息！

从 20 世纪 90 年代开始，真价拜公公李寿祺为师学医，李医师在益阳、常德两地很有名望。在老人的精心培养下，真价和丈夫均已从中西医领域里学到了很多知识。从此以后，夫妻走上了这条悬壶济世、治病救人的道路。

再后来呢，李义如因为为人正直、诚信，做事踏实，受到了村民们的拥戴，从而被选入筑金坝村做会计。于是，行医的重担就落在真价肩上了。

在行医的路上，真价谨慎行走。她以大栗港女儿的善良，谱写了一曲大爱无疆的颂歌！

1995 年 7 月的某一个夜晚，劳累了一天的村民纷纷到真价家里去看电视，那时的电视机还很少。晚上 10 时许，为了不影响第二天的“双抢”，村民们便先后回家了。这时，真价开始扫地，她先扫掉一些瓜壳、烟蒂之类的垃圾，正准备把电视机搬回卧室，却突然发现，台阶上还坐着一男一女两个孩子。一问才知道，男孩 11 岁，李姓。女孩 4 岁多，胡姓。两人是同母异父的兄妹。吃了早饭后，兄妹从高桥出发，步行去泗里河外公家，除了中途在鸬鹚渡镇吃了一碗面条外，到现在还没吃任何东西。

真价明白了，两兄妹走累了，便坐下来看电视，谁知一看忘记了时间。

当时，真价做出的反应便是：这么晚，已经筋疲力尽的两个小孩子现在再步行去泗里河不现实。她先让兄妹洗个澡，换身干净的衣服，然后让他们吃点东西，让他们在家里睡下。

第二天吃过早餐后，真价让丈夫骑着摩托车，送两兄妹去泗里河外公家。

也许，这只是真价夫妇做的一件很普通的小事。而且，他们当时也没过分在意。谁知，没过多久，小兄妹的父母专程从高桥赶到真价家里，表示谢意后，执意让兄妹俩拜真价夫妇为干父母。

以后，真价、义如夫妇就这样义无反顾地担起一份沉甸甸的责任。从小学开始，两兄妹大部分时间都住在筑金坝，每年的学杂费及其他开支，都由真价夫妇出，一直到兄妹初中毕业。后来，兄妹俩结婚成家，都是真价夫妇一手操办的。现在，每逢节日，真价家里很是热闹，两子两女，一媳两婿（小儿尚未结婚），还有抱着的牵着的孙儿、外孙聚在一起，笑语朗朗，其乐融融。

2013 年，真价加入了大栗港环保志愿者的队伍。她和本镇 300 多志愿者在一起，利用自己可怜的休息时间，为爱心、环保奔波。

2015 年，真价和群成员一起，为在事故中严重摔伤的学生萧凤娇筹集医药费用，并专程把筹到的 6700 元钱送到益阳市中心医院患者家属手中。同年，真价受邀第一次参加桃江环保宣传活动，带领爱心人士捐助了大栗港镇马灯村、筑金坝、金牛村的三户贫困户。2016 年，她组织爱心群的群成员，成立了一支特殊的扶贫团队，帮扶贫困学子、孤寡老人等弱势群体，迄今为止，帮扶一百多人次。2016 年，真价受县环保协会的委托，和大栗港镇志愿者一起，发展成立环保分会。2017 年端午节前后，真价又带领志愿者，一起投入紧张而艰巨的抗洪救灾之中。

2017 年，真价担任了大栗港镇环保分会会长。她和志同道合的爱心人员一起，行色匆匆地行走在扶贫济困的路上，把爱心送到真正需要的弱势群体中去。对于环保事业，她更是全身心地投入！2019 年，真价带领大栗港镇志愿者，再次参加县里的环保义行，受到了县环保协会朱明星会长的多次表扬。

2018 年年底，真价和志愿者一起，在栗山河敬老院开展了敬老爱老的活动，并资助栗山河张勇、筑金坝庄宇飞各一千元人民币及日用品若干，以解他们的燃眉之急。

良好的家庭氛围及自身素养让真价对每一位熟悉或陌生的人都谦恭有礼，落落大方。她关心弱者，并竭尽全力帮助弱者。邻村有一位老年哑巴，他常常拿着竹扫帚、竹刷把之类的手工竹制品送到真价家里。真价不管是否需要，总是为老人买上几把。

在汉寿一家餐馆，我采访了真价。

她很忙，手机铃声响个不停，采访几度被迫中断。下午 4 时许，采访接近尾声时，真价的手机再一次骤然响起。她歉意地笑了笑，然后接听。电话是一个名叫李贡才的老者打来的。李贡才是筑金坝村人，60 岁，单身，一目失明，患高血压、痛风等疾病，且家境贫困。电话的内容是关于这两种疾病的药物已用完，向真价求助。而真价是李贡才药费的免费提供者。

真价立即给药材公司一位朋友打电话，嘱他把相应的药物在当天之内送到李贡才手里。病可耽误不起啊，很痛苦呢！真价像是在告诉我们，又像在自言自语。

谁说这个世界冷漠？大栗港的天是晴朗的天！

温建真，你看到了吗？数十万桃花江儿女在为你摇旗呐喊！

惠大哥

我在乡下生活了 30 年，知道乡下人的纯朴与憨厚：遇见后，彼此打一声招呼后，哈哈一笑，就地一坐，一支烟自然是不可少的，抽你的抽我的无所谓。于是乎，一种很可爱的乡下友谊就这样自然地传承。

我认识熊惠明的时候，他已成年，而我还是一个羞涩的少年。

我叫他大哥。大哥多的时候，我便会从其名字中找一个字冠之。于是，熊惠民便可以称惠大哥了，而且一直沿用至今，也从没想过要改其称呼。

惠大哥很瘦，瘦得惨不忍睹。甚至有一天，在一杯小酒“穿肠过”之后，我还想温馨地提醒他：刮大风时，千万在第一时间紧紧地抱住一棵树或者电线杆之类，而且，打死也不松手。

他不抽烟，也不喝酒，但不妨碍我们做朋友。在我的印象中，他从没有赤膊短裤呈现于众目睽睽之下，不管天气有多热，一顶绿色军帽永远戴在头上。

为了生存，我常年奔波在外。父亲一个人在家寂寞，常常拄着一根棍子去串门。而去得最多的，便是惠大哥家。如果遇上他家里没人在家，父亲便坐在台阶上等待。

惠大哥虽不喝酒，但父亲去他家时，肯定有酒喝。一小碗，约三两。菜是农家菜，离父亲酒杯处放置一碗，里面盛满了各种菜肴，父亲可直接夹到。在半小时或更多时间，父亲吃完后，惠大嫂必定会递过一碗芝麻茶，明知父亲双目失明，仍用双手，以示尊敬。

2015 年，惠大哥来过常德一次，是从益阳儿子处转道来的。从他带来的礼物中，一块乡下腊肉是绝不可少的。当两双手紧握在一起时，我们都开怀大笑。

我是喜欢开玩笑的，自认为很机智幽默，在不同的场合会产生不同的效果，让人捧腹。惠大哥不笑，他只是直愣愣地望着你，神情中有许多莫名其妙。也许想问个所以然，但终于选择放弃，他默默地回转身，径自走了。

在我的记忆中，惠大哥是聪明的。破收录机、电视机之类的家用电器，他摆弄一会儿，接根线，加个或去掉个螺丝，便会恢复正常，完美如初。乡下人节俭，家中的电器有毛病时，给惠大哥传一个口信或打一个电话，他便会去解决问题。至于收费方面，则是象征性的。是啊，乡里乡亲的，低头不见抬头见，给点成本费就行了。

惠大哥 63 岁了，他大半辈子待在农村，对于种田、犁地，用乡里人的话说，是“一镬熟”。现在他仍种着自己的几亩责任田。两个儿子都在外，连爱人也帮忙带孙子去了，他一个人守着一个家。虽说现在种田比以前轻松多了，但总要有一个人长期在田里忙。他回家后还要忙家务，打发自己的一日三餐，忙到晚上九十点才可以上床休息。

我很想把惠大哥写深写透，但总得不到他的配合。于是，也便只能根据自己的记忆，叙说一两个平凡得不能再平凡的往事。

20 世纪 90 年代，我曾幻想自己能有朝一日离开农村，结束这种面朝黄土背朝天的辛苦单调生活。可是，一旦真正离开了生我养我的故土，总会觉得心里空荡荡的，我怎么会这么早地喜欢怀旧?

每次回家，惠大哥便会送我一些乡下腊肉、笋干、干辣椒、萝卜干之类的乡下特产。一个多月以前吧，他到山里折了一蛇皮袋小竹笋。回家时，全身湿漉漉的了。然后他骑着车，急急赶到 20 公里外的四十一公桩，把竹笋托到去常德的车子上。

2016 年 5 月的最后一天，此时已是子夜，我在回忆一些往事，然后，匆匆记下，以纪念一段我永远也不会忘记的异性兄弟之情。

雪　妹

夏末，温柔的资水仍然静静地流淌着。时值三伏，烈日下的栗山河人民，一如既往地在自己的土地上辛勤耕耘。

2019年正月始，我在栗山河这片肥沃的土地上留下了很多足迹。那些俯拾皆是的感人故事，激励了一代人！栗山河人，无疑是最优秀的，他们用自己的拼搏精神，在滚滚商业大潮中脱颖而出，成为励志楷模与典范。

在家乡的微信群里，我认识了一位名叫雪妹的年轻女性。可能是职业敏感吧，我和她加了好友，在断断续续的聊天中，我知道了她的一些故事，开心的或者悲伤的。人生本来就是一个五味瓶，酸甜苦辣咸，不一而足。于是，我决定写她，也应该写她。

她叫熊雪姣，出生于1990年，那年冬季下了一场大雪，所以从出生的那一刻起，她便拥有了雪妹这个至纯至洁的昵称。就这样，童年的小雪妹天真地行走在资江北岸一个名叫毛羊坪的村子里，在亲人们的万千宠爱下，快乐地成长。

小雪妹一岁多时，妈妈便外出务工了。在父亲、奶奶的抚养下渐渐长大的雪妹很迷惘：妈妈怎么一直没回来呢？她到哪里去了呢？我好想好想妈妈啊。问奶奶，奶奶擦拭着眼泪，叹着气走开了；问爸爸，爸爸一脸忧愁，摇摇头，什么也不说。

于是，一家三代就这样艰难地生活着。据雪妹回忆，小时候，她从来没有吃过香蕉之类的水果。让她刻骨铭心的是，她5岁那年患蛔虫病，无钱医治，痛得满地打滚。还是邻居詹立君医生仗义借钱，她被送往桃江县中医院。当时，好多人都认为她会救不活。可是，在当时中医院彭君齐医生的主治下，小雪妹竟然死里逃生。

几间在风雨中摇曳的小木屋，三代人就这样蜗居着。奶奶病了，竟然无钱抓药。幸亏邻居再云医生，一直赊账给奶奶看病，药费一欠便是几年。

乡下人喜欢喝擂茶，这和桃花江是擂茶之乡分不开的。奶奶也喜欢喝，可是，擂茶的材料呢？雪妹家没钱，好在人缘好，左邻右舍纷纷送来芝麻、茶叶、花生之类，然后，一碗擂茶擂出浓浓的乡情，擂出了栗山河人爽朗的大笑，这笑能驱散忧愁，让人奋进。

小雪妹上学了，学费是父亲卖掉稻谷换来的钱，钱上有汗味和稻香味。这些钱满足了一个小女孩对知识的渴望。就这样，她每天背着奶奶缝制的书包，蹦跳着，向三里外的学校走去。遇上下雨天，小雪妹穿着邻居给的小雨靴，风雨无阻。到现在，雪妹仍然清楚地记得，就读小学时，她的老师杨晓姣常常帮助她，为她排忧解愁，让她安心读书。寄宿学校时，因为穷，小雪妹带的菜都是一些梅干菜、辣椒萝卜干、豆角之类。没有同学笑话她，杨老师经常鼓励她，要她发奋，要她成长。晓姣老师的姐姐圆圆老师，也同样无微不至地关心她，让她感觉到了一个大家庭的温暖。雪妹是独生女，单亲家庭，但在学校里，感觉到这里还有好多哥哥姐姐，而且，她忽然发现：两位杨老师就是她亲爱的妈妈。

到了初三，在初中即将毕业时，雪妹的奶奶终于承受不了病痛的折磨，留恋地望了望她的儿子、她的孙女，撒手西去。

霎时，雪妹的头脑一片空白。

奶奶，你的手怎么凉了啊？你好冷吗？奶奶，你回家好吗？雪妹大了，雪妹不光能照顾自己，还能给你盛饭呢！奶奶，你去哪里啦？奶奶，回家吧，我想你，好想你……

后来，雪妹的父亲背着简单的行李去了广州，雪妹寄居在姑姑家里。每次到学校，老师、同学都来安慰她，关心她。可是，雪妹知道自己的处境，她没有钱继续读书，尽管她的老师刘玉芳老师推荐她读幼儿师范学校，并帮她筹学费。可是，她的生活费呢？

在邻居哥哥的帮助下，在表嫂的护送下，雪妹泪流满面地向奶奶告别后，南下广州，去寻找一片属于自己的天空。那一年，她才 15 岁。

几经辗转，2006 年 9 月，雪妹终于拥有了自己的第一份工作。

在这里，雪妹如鱼得水。她在车间里和人相处得很好，人们都纷纷把自己的夜宵送给她吃。到了广州，她才发现天下还有那么多好吃的东西。而且，她有了自己的工资。她小心翼翼地把钱存了，她要还债，她知道，她必须拼搏。

后来，雪妹利用假期学了商务文秘、手工串珠。在不加班的时候，她和闺蜜红妹带着手工包、小玩具出去摆地摊。这样，她又多了一份收入。到 2008 年，姑姑、姑父开始帮她重修房子，父亲也在东莞拼命地工作。

为了赚钱，雪妹和闺蜜利用下班时间摆地摊，但常被城管驱赶。两人商量，自己创业开店。因为没有经验，选址不当，亏得一塌糊涂。没办法，她决定重新进厂工作。在邻居云姐姐的帮助下，雪妹进了厂，并且认识了一位叫小红的好朋友。在小红姐的介绍下，雪妹认识了詹建中。

2010 年 4 月，雪妹和詹建中步入了婚姻的殿堂。次年 8 月，女儿出生。到 2014 年 9 月，一对双胞胎儿子呱呱地来到这个世界，雪妹沉浸在为人母、为人妻的幸福之中。

儿女们的相继出生让雪妹夫妇感受到了家庭的压力。建中重操旧业，搞室内装修。雪妹相夫教子，到女儿两岁那年，她开始把目光转向周围，想找点活干，补贴家用。

在栗山河街道詹世元的帮助下，雪妹拥有了一份工作。她带着女儿，在世元的店里帮忙，在一次和同学张武的偶然聊天中，他们聊到了坛子菜。

于是，她在朋友圈里发出一条关于灌心辣椒的消息，没想到很受欢迎。就这样，一条朋友圈的消息竟然开创了自己坛子菜的事业！

开始，雪妹可以说什么也不懂，她在网络上寻求帮助。邻村卢家村一位卢姓哥哥，热心地把包装、快递等步骤告诉她，还帮她介绍客户。

邻居伯娘、婶婶、姑姑们都热心地帮助雪妹，最让她感动的是，村里一位 80 岁的老伯，几度语重心长地告诉雪妹：寄出去的菜一定要保证质量，足斤足两，别人认可了你的菜，你才能做下去！

就这样，雪妹铭记着伯伯的话，从做坛子菜以来，发出的快递只要知道是包装坏了，一律赔偿。好多客户同情她，选择不告诉她，当她知道后，她会在第一时间赔偿。她的同学、同乡的朋友都帮忙推荐转发，渐渐地，雪妹的生意越来越好。

当下，农村时兴赶集。每到指定的日子和地方，小贩们都从四面八方带着商品赶来，既繁荣了当地的市场经济，又方便了当地村民，而且自己也有钱挣。

背着家庭的重负，也担着客户们的期待，雪妹在坛子菜的制作上，以传统的方式及现代的湘菜技术，让这种具有湖南特色的干菜走上千家万户的餐桌。

每逢集日，雪妹带着自己的坛子菜，赶到集场，喇叭里清脆的声音让乡民们驻足。她服务态度好，人热情，招呼着集场上鱼贯的人们，生意极好。一场集过去，另一场集到来，拥有的客户越来越多，她到了手忙脚乱的地步。

到现在，我恍然大悟：一些职业渐渐被淘汰，一些新型的职业取代老职业，从而占据市场。从 20 世纪 80 年代中期开始，农村青壮劳动力正倾巢南下，于是，村里留下了不少老人和儿童。在我的乡下市井人物系列之中，你不难看出，农村也有用武之地，如柱子、萧建君、夏伟钦、再满哥，他们固守着自己的家园，用自己的聪明才智，在农村这块广阔的土地上开拓新的天地，让一种种新的行业脱颖而出，从而充满勃勃生机。

雪妹忙，每天在儿女、坛子菜、传统腊制品、手工粑粑等上面忙得不停地转。但如果附近谁的手机出现什么故障，她会丢下手中的活计，第一时间帮助摆弄。至于村里的老人们需要买些什么东西，她会自告奋勇前去买回。“人家不都是这样帮我的嘛。”雪妹微笑着说。

关于轻松筹、水滴筹之类的网上捐款活动，现在，大部分人都抱有怀疑的态度。雪妹相信，谁愿意为了钱而诅咒自己的亲人呢，人不是到了万般无奈的前提下，是不想开口求人的。正是因为她的善良，每个轻松筹之类的链接，她都会打开，捐上数目不一的钱。“杯水车薪呢，”雪妹谦虚地说，“可是，这是我的一点心意。”

雪妹很忙，现在，千家万户的餐桌上，都会有她制作的食品：腊制品、豆制品、蔬菜干制品，还有南瓜粑粑、蒿子粑粑、米粑粑、糍粑、粽子等。她用自己勤劳的双手，让一株株鲜活的植物变成可口的食品，然后，走进千家万户。

对于食品的畅销，雪妹告诉笔者，是好多好心人在她的前方或者背后摇旗呐喊，出谋划策。同学张多喜给她推荐了一位娘家在毛羊坪的詹显姣，她们互相加了好友。“她忙，但她很关心我，命中注定这位姐姐是我生命中的贵人啊。”雪妹大笑着说。

詹显姣常在雪妹这里订坛子菜。雪妹记得第一次给姣姐寄坛子菜时，很是忐忑，生怕口味不正，影响了她的食欲。没想到，三天后，姣姐发来消息，快递收到，她特别喜欢腊八豆，也感受到了那种浓浓的家乡风味。

雪妹收到消息后特别开心。当听说詹显姣要为她宣传坛子菜时，她高兴得哭了。

雪妹高兴就唱《又唱桃花江》：“美人你今在何方？你在那风雨中奔走，在霞光里梳妆……”

资江的北岸，是栗山河的春天。毛羊坪这块丰腴的土地上，你铿锵的脚步正在朝一条康庄大道上有力迈进。美人窝的上空，繁花似锦，朝霞满天。

罗向阳

其实，我在 2018 年 4 月就认识了他。

他是一位低调的慈善家，但纸毕竟包不住火。很多人想采访他，但都被他拒绝了。某天，我和他就在微信里相遇了。

“你好，我可以说说我的故事吗？”

我点点头，但我真的不知道，他为什么选择我？

于是，我决定写他。

他叫罗向阳，桃江县修山镇风林港村人。1971 年 8 月出生。家中兄弟姐妹四人，父母是地地道道的农民。向阳懂事的时候，便知道家里很穷。家里人一天吃两餐饭。

罗向阳八九岁时，就随父母下田干农活，念书念到初二时，便辍学了。

一个 14 岁的孩子，面临残酷的现实，便是没完没了地干农活。后来，他买了一辆拖拉机，赚几个辛苦钱。反正，只要能赚到钱的，罗向阳便毫不犹豫地去干，他想改变自己，改变家庭困境。直到有一天，一个偶然的机会，他邂逅了小时候的朋友，从上海回家过年，两个人很开心，在一起聊以前，但更多的是聊以后。最后，朋友邀他一起去上海发展。向阳很开心，他认为自己的人生转折点就在眼前。他毫不犹豫地把那台拖拉机以 2800 元钱的低价卖了，自己带上 800 元来到了上海，去寻找自己的未来。

向阳刚来上海时，似一头没头的苍蝇，到处碰壁。没钱租小区房子，就住在又臭又不通风的菜市场里。到了夏天，实在热得受不了，只得半夜带上床单，偷偷跑到别人的楼顶上去睡觉，被蚊子叮得全身没有一块好肉。为了赚 30 块钱，骑车去 10 多公里的地方干活，等回到了住处，才发现自己已严重虚脱。

“我就这样透支自己的健康，想改变自己的处境。”罗总苦笑着告诉我。

到 2002 年，31 岁的罗向阳才认为自己有了一点成就感。

2002 年的一天，罗向阳和几个上海人一起吃饭，聊到了上海退休的福利、医保等。他想到了村里的老人到了 70 岁了，仍然要自己养活自己，他立即联系了村支书，要村支书登记一下70岁以上的老人和特困户，他要给每人发一个大的红包，但条件是不能让人知道，并强调，如有人知道，他将放弃这个慈善行为。就这样，到了春节，他让所有上了70岁的老人和特困户都收到了过年红包。

到了第二年，非典流行，罗向阳的生意也受到了冲击，他的积蓄便所剩无几。没办法，他只好向朋友借钱，把款打给村支书，唉，自己只能随随便便过个年，权当忆苦思甜吧。向阳这样一想，便释然了。就这样，他坚持了6年。那些受益者也不知道谁给他们发了过年红包。后来，一个偶然的机会，他进入了服装行业。赚了钱的罗总，再一次想到了村里的老人。于是，那一年的春节，村里所有的老人和贫困户，都收到了当时最好的羽绒服。后来，村民们还是知道前些年的过年红包，均出于罗向阳之手。这下，说闲话的人多了，说他傻，说他出风头，想出名。对于这些，向阳淡淡一笑，林子大了，什么鸟都有。

到了2014年的某一天，罗向阳在家休息，临近中午，突然感觉到右边腰部酸痛。开始他以为自己是太累了，可休息了几天，仍然没有什么好转。到医院看医生，医生说，可能是腰椎骨头坏死。检查后，结果正如医生所说的。于是，马上动手术，术后住院20多天后，右边腰部又开始疼痛，他急忙去医院复查，结果是手术不成功，忙换医院，再动手术，在床上折腾了七八个月才能蹒跚行走。病好了，罗向阳心想：这下可证实了好人一生平安啊。

大概10年前吧，老家有人打电话告诉罗向阳，说村里又有人骑摩托车去村口时，被车撞了，当场死亡。向阳知道，因为村公路和县公路成九十度，而出村口时两边的房子都挡住了视线，所以稍不注意就会发生事故。罗向阳急了，马上在第一时间联系村支书，出资在公路上增加减振带，立几块指示牌。后来，这个地段再也没有发生过交通事故了。

2018 年清明节，罗向阳从上海回到了久别的家乡。有一天晚上，他偶尔出去走走，发现三五成群的村民拿着手电筒在散步。他实在没有想到，农村人也有锻炼和散步的习惯了。那天晚上，他回到家后，翻来覆去睡不着，他想如果能装上路灯，村民们散步就不用带手电筒了。他把这个想法告诉了他的一位好朋友，得到了朋友的支持。于是，他们尝试着组建筹委会，让全村的村民们，有钱的出钱，有力的出力。当罗向阳把消息公布后，村民们众说纷纭，归纳后便是这样：本村公路太窄，而车流量大。司机素质不行，常为相互不让车而大打出手。安装路灯，首先应该把公路拓宽改造。可是，这不是一件容易的事啊。沿路两旁的农田、菜地是个人的资产，要补偿。还有路基设计、路基硬化等等。他们通过初步预算，需要七八十万才能解决问题。

得到全村村民支持后，缺口仍然很大。罗向阳握紧拳头，暗暗发誓，不管困难多大，公路拓宽和路灯安装，一定要在 2020 年春节实现。

现在已是深秋。

深秋时的羞女山，正风情万种地俯瞰一江资水。

罗向阳给我的印象是：不善言辞，为人踏实。他很低调地帮助每一位需要帮助的人。

我们知道，做一件善事容易，坚持一年或者两年也不太难，但坚持 15 年呢？回答是肯定的：不容易！

“我会在余生，把自己的善举继续下去！”罗向阳铿锵有力地对笔者说。

向阳的万物总是生机勃勃。阳光无私，罗向阳的行为，亦无私！

海军，我们不会忘记你

2010年3月19日，这个日子和平常没有什么两样，太阳与往常一样高高地悬挂在天空。这里好久没有下雨了，整个大地万物都极其干燥。下午2点56分，优秀共产党员、马迹塘镇金塘村村主任汪海军，在忙完了他应该忙的事情以后，端起妻子为他准备好的饭菜，正准备吃饭，忽然听到了马迹塘镇龙溪村发生了森林火灾的消息，便迅速地把饭碗丢掉，奔出门外，发动摩托车，向出事地点急驶而去。至于自家屋里妻子的呼喊声，他已无法听见。

汪海军一路急驶，一边声嘶力竭地呼喊着人们救火，一边用最快的速度奔向出事地点。

这时，火已成燎原之势。汪海军忙组织老人、妇女和小孩迅速撤离，自己和村民们奋力扑火。由于风大火猛，他和一起去救火的村民组长汪柏春被突然飞来的火球包围。在这千钧一发之际，汪海军不顾个人安危，将生死置之度外，他拼尽全身力气，将汪柏春顶上高坎，把生的希望留给了别人，自己却被无情的大火吞噬。

一场大火让汪海军的生命定格在56岁。

1954年8月25日，汪海军出生在一个清贫家庭。两岁时过继给堂伯。念完小学便辍学了，并拜师学木工手艺。由于勤奋肯学，便很快出师了，并在当地成了口碑很好的木匠师傅。1979年，汪海军结婚了。1980年和1984年，双胞胎兄弟相继出生。虽然说家庭的负担重了，但海军很开心。

1999年，海军和人合伙，创办了一家木胶板厂。由于管理有方，加上海军做事踏实，平易近人，每年为国家创收近10万元的税收，并为此解决了50余人的就业。海军组织能力强，有号召力，在当地是有目共睹的。2002年，他担任了龙溪乡柳山村村主任，2006年光荣地加入了中国共产党，任村支部书记，并村后，任马迹塘镇金塘村村主任，在这个岗位上踏踏实实地工作了8年。8年来，海军把自己当成了一台永不知疲倦的机器。他每天6点起床，晚上八九点钟才回家。村里修路，农网改造，改水改厕，退耕还林，招商引资，发展经济，他都会亲自参与，身先士卒。海军事必躬亲，已严重地透支了体力。看到父亲憔悴的样子，儿子劝他歇歇，可海军总是淡淡一笑："我是支书啊，我不带头，谁带头呢？金塘村的村民一天过不上好日子，我便一天不心安啊。"海军耿直、豪爽，做人认真，做事坦荡。他一生清贫，勤俭节约，从不沾集体一点光。他时常说，作为一名基层干部，他的一言一行都会直接影响到党在人民群众中的形象。就这样，他严格要求自己，约束自己，对工作从不讲困难，不折不扣地完成上面分配的任务。对村民的意见和要求他总是在第一时间处理，让领导和群众都满意为止。在汪海军出色的领导下，一个原来的穷村很快成为富村。

时隔几年后，我再一次回家乡时，仍然能听到村里人诉说关于海军的事情。

投资30.8亿元的金塘村电站于2009年10月开始动工，镇里组织大规模的实物调查摸底。汪海军一连两个多月起早贪黑奔波，使金塘村成为实物登记工作完成最早、最好的村之一。柳山片区电网老化，海军多方筹集资金30多万元，自己垫2万元，完成电网改造。塘湾水库和木子坪山塘设计灌溉面积500多亩，因年久失修而渗漏严重。海军组织村民投工投劳，历时3个月完成了水库和山塘的除险加固。在他的任期内，他带领村民完成了10余公里公路的路基平整拓宽，从而改变了金塘村的面貌。

汪海军是一个称职的基层干部，一个向着金塘村村民的父母官。在他的眼里，每个村民都是他的兄弟姐妹，都是他的亲人。他多次到民政部门为五保户、特困户要钱要物。在他担任村干部的8年来，逢年过节，他都自己掏钱，买了鱼、肉及生活用品送到孤寡老人、特困户手里。

2008年，一场百年不遇的雪灾席卷湘中。作为村里的主心骨，汪海军不顾大雪纷飞，只身前往五保户刘卫青的家里，将老人背到自己家里，安顿好老人的饮食起居。雪灾过后，海军又筹资帮老人盖好房屋。老人感激得泪流满面，逢人便讲："我的命是海军救出来的，我的屋也是海军帮我修的啊。"当汪海军为救山火壮烈牺牲后，刘卫青更是以泪洗面。出殡那天，天空下着好大的雨，而刘卫青的身体也不好。乡亲们劝他不必去送葬，可老人硬是拄着拐杖，颤巍巍地把海军送上山。

现在，我们无法知道2010年3月19日那场大火中，当他用尽最后的力气把汪柏春推向安全地带时，当火舌舔着他的血肉之躯时，汪海军，这个年仅56岁的男子汉，他想到的是什么？是苦难的童年、励志的创业年代、妻子焦盼的目光，还是柳山小学孩子们快乐的笑声、刘卫青老人感激的目光？

2010年5月，中共马迹塘镇委员会发动了关于开展向汪海军同志学习的决定。同年6月25日，马迹塘村党支部成功召开

“七一”创先争优活动暨汪海军事迹报告大会。尔后，全县深入开展创先争优活动动员大会暨汪海军同志事迹报告会隆重召开。5 月 28 日，中共益阳市委发出了关于开展向汪海军同志学习的决定，并且在益阳市委宣传部的统一部署下，《益阳日报》、《益阳晚报》、益阳电视台、《益阳城市报》、益阳广播电台、益阳网站 6 家市级媒体派出精干力量组成采访团，对汪海军的先进事迹做进一步的挖掘和升华。

那辆放在路旁的摩托车，那串已严重变形的钥匙，那个烧焦了的手机，仍静静地躺在大火过后的灰烬里，似乎仍在焦急地等待着它们的主人。

汪海军，你短暂而辉煌的生命定格在你挥手示意的瞬间。

那仅仅是一种姿势吗？

大火已经扑灭了，你放心啊，爱你的家乡人沿着你未走完的轨迹，铿锵前行。

这时，我们可以伫立在汪海军的墓前，肃穆，鞠躬，然后，轻轻地告诉他：

爱你的人很好。

你爱的人很好。

蒋爹

—— 一位农民的行走

这里是一个千年古镇，传说中的刘备跃马檀溪的地方，资水从这里缓缓流过。著名的资江十景之一的九岗山，正逶迤成美人窝独特的万种深情，含情脉脉地注视着这个日新月异的古镇。

这里便是马迹塘。

前几年，我写过一篇散文《马迹塘的故事》，在《当代商报》发表后，我开始涉足这片热土。在采访和撰写的过程中，一系列感人的故事纷沓而来。

老人叫蒋国生，马迹塘镇人。1933 年 2 月出生于一个贫困的家庭。姐弟二人，他是老幺。而他的妈妈，是一个小脚女人，天天只能围着灶台转。一家的衣食来源，便只有依靠父亲的裁缝技术。因为没有房子，他们只能寄居在一个叫徐家园的地方，过着寄人篱下的生活。

1949 年的一天，两个国民党士兵押着一个挑夫路过他家门口时，挑夫乘其不备，逃进国生家里。国生见状，示意挑夫从后门逃走。那两个当兵的见挑夫跑了，急忙闯进房里，搜寻很久，仍找不到人，便怀疑挑夫是蒋国生放走了。他们一时恼羞成怒，对国生欲下毒手。这时，隔壁大妈闻讯赶来，把士兵请到她家，好茶招待，好话说尽，求他们看在国生年小不懂事的份上，放过他。士兵只好骂骂咧咧地走了。可是，国生的妈妈受到惊吓，从此一病不起，竟然没有熬到过年，便含恨西去了。

妈妈去世的那一年，蒋国生 17 岁。

那一年，17 岁的国生正患眼疾，几乎双目失明。送妈妈上山后，下山时，也是小伙伴王兆先背他下来的。回家后，国生的病情变得更加严重，不久，他还染上了痢疾，终于卧床不起。

由于家里没有人照顾，父亲只好雇顶轿子，把儿子送到十几里外的王家村，请儿子的姐姐照顾。

可是姐家在山区啊，山多田少，平日的主食便是红薯和玉米。姐姐心疼弟弟，用砂罐在火塘里煨一罐子饭让他吃，用羊肝炖熟熏他的眼睛。经过她四十来天的调理，蒋国生的眼睛竟然有了好转。后来回家，刚好家里发生了鸡瘟，父亲喂的十几只鸡，陆续发瘟。父亲一咬牙，把十几只鸡全杀了，炖汤给儿子吃。于是，蒋国生的体质恢复得很好。

1960 年，当时的大队新建水轮泵，蒋国生因为工作踏实，应大队干部要求，调回马迹塘参加水轮泵建设，而且一直工作到 20 世纪 80 年代中期。

在水轮泵工作期间，蒋国生一直兢兢业业、无私奉献、乐于助人。他在平凡的工作岗位上，20 多年如一日，为乡亲们碾米、榨油、轧棉花。而到了抗旱季节，更是日夜奋战在抽水机排灌站，有时一连几天几夜都没有休息的机会，但蒋国生从来没有抱怨过。

蒋国生如一颗永不生锈的螺丝，哪里需要，就安放在哪里，哪里有了他，便有了欢快的轰鸣声。

在水轮泵工作期间，那才叫忙呀。等待碾米的队伍排成一排，有人实在等不下去了，只好先回去干活。蒋国生会给他们碾好米，过好风车。遇上妇女、老人，他会帮他们把米送回去。

晚年的蒋爹，仍如年轻时一样急公好义。按理说，他可以幸福地安度晚年，可老人总是闲不住，找一些老伙计聊聊天，有的老人体质比他差，或疾病缠身，或卧病在床。蒋爹会去照顾他们的饮食起居，帮他们洗澡、洗衣服。他觉得一切都是顺理成章的，都是一起长大的兄弟。

邻居有一位和蒋爹同龄的萧姓老人，在生命的最后两年，受尽了病痛的折磨。蒋爹天天去帮他照料日常生活。

2019 年农历八月十七日星期日，蒋爹突然摔倒。村人把他送到医院，已无法动弹。近一月来，老人卧病在床，水米不进，处于弥留之际。蒋爹的儿子乐安告诉笔者：父亲这次恐怕是不行了……

蒋爹是好人，好人会一生平安的。

蒋爹，您一定会好起来的。这个世界，太需要您的大爱与善良。

一代拳王：刘中

尽管离乡背井近 20 年了，但刘中仍然关心家乡的建设。忽然有一天，我在网上发现了一条消息，消息是桃江县广播电台报道的：桃江拳王刘中调入国家队，备战东京奥运会。看后，精神为之一振。

心有灵犀，在家乡的桃花江文化研究会群里，刘中和我加了好友，在聊天中，他告诉了我一切：从坎坷到辉煌，从幼稚到成熟。于是，我决定写他。

因为，我们同饮一条江的水。

江的名字叫资江。

刘中，1991 年 5 月出生，桃江县灰山港镇天子坡村余家湾组人。1997 年，他进入向阳花小学就读，小学毕业，进入桃江体校学习。他是独生子。父亲刘知亮，职业为拳击教练、汽车教练。

刘中从小不喜欢读书，身体素质较差，和同龄人相比，他跳不过人家，跑不过同学，力气也明显比人小。少年时的刘中很喜欢玩游戏机。那时，他家做水果生意，条件好。到小学五年级时，父亲要他练习拳击，他不想练，怕累，父亲就逼着他练。刘中说，他先是被动地练，后来便主动了。练了几年，自己懂事了，慢慢地有了梦想，想有朝一日能参加奥运会，拿金牌，为国争光。

2006年，刘中第一次参加全国少年锦标赛，获得了第五名的好成绩，这是他第一次获奖。

那一年，刘中15岁。

后来，刘中转入了贵州省体工队，训练拳击，从此开启了他的职业生涯。

但命运给予这位年轻人的，并不是一帆风顺。在贵州的三年内，他先后参加了全国少年、青年锦标赛，均是第一次就惨遭淘汰。那时刚刚成年，正是争强好胜的时候。那种失落，刘中当时真的无法形容自己的心情。激情一旦过去，心里便开始沮丧，而且竟然有了退役的想法。是桃花江男人的那种坚毅精神激励他，他告诫自己：坚持，必须坚持和拼搏。

经过短暂的休息后，刘中离开了贵州，前往江西训练。在江西刻苦训练一年后，他再次参加全国锦标赛。可是，结果第一场失利。这次比赛结束后，刘中开始心灰意懒，他选择了退役。

以后的大半年时间里，刘中步入了社会。他先后在工厂打过工，做过保安。在熙熙攘攘的人群中奔走，每天面对的是单调的上下班。他想到了父亲对他的期望，想到了为国争光的誓言，他似乎看到了90多万桃江人，站在他的前方或后方，为他呐喊，为他助威。这时，年轻的刘中热血沸腾：他要回去，他必须回去，他知道，他割舍不了对拳击的追求，对冠军的渴望。

2010年，刘中到了吉林。他训练了几个月后，又重回江西训练。几个月后，他再次参加全国比赛。可是，命运之神再一次残酷地抛弃了他。第一场比赛就抽到了当时拿过世界冠军、来自广东省的高林志。这时的刘中，他的思想已成熟了许多，他不气馁，失败是成功之母啊。于是，他转战广东训练。在广东，他和各路高手切磋学习一年后，感觉到了自身的进步很大。

2012 年，刘中再次参加全国比赛，又一次惨遭失败。

2015 年，24 岁的刘中来到江西省队，接受专业训练。一个月后，参加 TH（top honors）国际拳王职业比赛。真是皇天不负有心人啊，仅三个回合，刘中 KO（击倒）对手获胜。然后，在同年 7 月再次参加 TH 国际拳击联赛，他仅用一回合便 KO 了来自香港的对手。接着，由于各种原因，刘中离开了江西队，一个人独自回到了家乡，默默地训练。

在家里训练了两个月后，刘中就去参加 IBF（国际拳击联合会）杭州赛区排名赛，第二个回合，仅用几十秒就 KO 对手获胜。12 月份，刘中正式开启了他的职业拳击之旅，开始参加拳力联盟比赛。第一场对战当时 57 公斤、来自大连七战七胜的头号种子选手王银钢，血战四回合后，刘中以点数获胜。第二场，对战来自广东四战四胜的第二号种子选手麦锦添，也是大战四回合后获胜。遗憾的是，刘中参赛比较晚，作为替补选手上场，没有获得争取金腰带的资格，与这次的金腰带失之交臂。

2016 年 1 月，刘中参加兰州 WBA（世界拳击协会）洲际拳王争霸赛，对战菲律宾拥有 30 多场职业战绩的名将克里斯·莱昂。最终经过六回合的比拼，刘中获得胜利。接着，他开始参加拳力联盟第二季比赛，第一场对战新疆的阿亚提，经过四回合比赛，获得胜利；第二场，再战新疆选手，一回合便 KO 对手再获胜利；第三场，对阵贵州选手，第三回合 KO 对方获胜；第四场对战来自陕西西安的晋孰顺，血战四回合获胜；第五场，再次接受新疆选手的挑战，只两回合，刘中就让对手弃权放弃比赛。

之后，刘中顺利晋级半决赛，对战来自大连的杨正鹏。第一回合，刘中的眼角被对手用头撞裂，血流不止。这时，桃江人的倔强与坚毅的性格让他强忍着痛，坚持到第六回合，最终取得比赛胜利，挺进拳力联盟决赛圈与陈森决赛。

2017 年 6 月 10 日，第二季拳力联盟决赛、WBO（世界拳击组织）大中华赛区金腰带争夺赛，刘中对战八战八胜的山东济南的陈森，八回合后，刘中以点数取胜。这次，他赢得了大中华赛区拳王头衔，值得一提的是，两人都是来自田家军，同门相争，最终刘中笑到了最后。

2017 年 9 月 7 日，对战北京林春雷，六回合比赛，仅四回合，刘中 KO 对手获胜。

2017 年 12 月 15 日，刘中对战印尼拳王诺迪。诺迪 2002 年便已进入职业拳坛，有 57 场职业比赛经验，并 18 次 KO 对手。这次经过六回合比赛，裁判一致性裁定刘中获胜。

2018 年 6 月 1 日，刘中对战印尼人谭伯雷西，进行了一场八回合的超重级拳击比赛，比赛第一回合 2 分 36 秒。刘中以上勾拳击腹，将印尼选手谭伯雷西击倒在地，KO 获胜！

2018 年 12 月 5 日，在拳力联盟第四季首度开启的“拳力角斗场”8 人战中，刘中一晚依次战胜三位对手拿下拳力角斗场 122 磅 8 人战最终冠军。值得一提的是，刘中决赛时战胜的对手是来自宝岛台湾的利育泽，他曾获得广东亚运会拳击赛第五的好成绩，而且职业战绩了得，还是降级别下来争夺 122 磅冠军头衔的。

2018 年 2 月 23 日，中国重庆万盛石林 2018 拳力联盟第四季拳力大赛中，中国 122 磅排名第一的刘中在第二回合，击倒了印度尼西亚 WBC（世界拳击理事会）亚洲拳王鲁本 · 马拉卡尼，成功夺得 WBC 该级别的亚洲拳王金腰带。

刘中并不满足现在的荣誉，他不断地进修，不断地锻炼。2018 年 8 月，他和菲律宾国会议员、世界传奇拳王帕奎奥一起，在菲律宾将军城学习训练长达一个月；2018 年 11 月，在拳力联盟拳击学院向两届奥运会冠军得主俄罗斯的缇史琴科学习；2019 年 3 月，在国家拳击队广州训练基地，同国家队、韩国队一同训练。

2019 年 11 月 8 日，国家体育总局将刘中调入国家拳击队，为备战 2020 年东京奥运会，10 月 25 日，刘中到体育总局指定的地址——江苏省体育训练中心报到，参加为期一个多月的紧张训练。

集训结束后，刘中回到了长沙。他精力充沛，精神抖擞，充满信心地备战 2019 年 12 月 22 日世界职业拳击积分排名赛，继续向世界拳王金腰带发起冲击，为自己的梦想努力拼搏。

20 世纪 30 年代，中国流行音乐的奠基人黎锦晖先生创作了一曲《桃花江是美人窝》，让桃花江这片美丽的土地蜚声中外。从此，桃江县便成了美人窝的代称。美人窝女子风姿绰约、闭月羞花的美丽，让世人向往。

桃花江有女性的温柔美丽，桃花江有男人的坚毅刚强。

2019 年冬季，刘中正以饱满的激情和良好的精神状态，向 2020 年 8 月 9 日东京奥运会整装待发，铿锵前行。

桃花江的儿子，你是好样的。家乡的人民祝福你：在奥运会上夺取金牌，为国家争光，为家乡争光。

归来便是辉煌

——小记夏森

2020年1月14日，在常德汉寿县城，坐在我面前的是个很帅气的年轻人，一副眼镜让他更显书卷气，朝气蓬勃的脸上没有一点倦意。他是驱车从桃江乡下赶到这里的。同是家乡人，我们没有什么客套，坐下后，我开始了我的采访。

他叫夏森，桃江县武潭镇息家湾人，1986年9月出生，他还有两个姐姐。

从牙牙学语到滚爬的童年，夏森在一家人的宠爱中慢慢地长大。到1992年，他和同龄小伙伴一起，进入幼儿园接受启蒙教育。由于自身的素质和努力，从小学、中学，一路顺利，到2005年，夏森以优异的成绩考入湖南师大。

在大学校园里，夏森如一只贪婪的蜜蜂，忘情地飞入知识的花丛中，汲取营养，来充实自己。到2008年，三年学业期满，他立即被湖南潇湘文理学院聘为该校美术教师和0703班班主任。在学校任教期间，他以兢兢业业、踏踏实实、任劳任怨、勤奋务实而著称，在学校获得普遍好评。当获得“优秀班主任”“优秀教师”的荣誉时，夏森开心地笑了。

两年后，也就是2010年，因不安于现状，夏森辞去了湖南省潇湘文理学院教师职务，只身南下，来到了广州，开始了他的求职生涯。

没多久，夏森就职于欧时力时装，任设计师一职，然后，进入美丽说网络公司、网易公司，担任公司工程师，并在此工作长达9年。

2019年4月，夏森的父亲在田间劳作时，天降横祸，一个大竹蔸从山上滚落下来，不偏不倚砸中老人，致使他左肩严重受伤、肋骨骨折。那个庞然大物因何而滚下来，谁也没心情去追究了。夏森听到这个消息后，急忙从广州赶回。父亲已被人送到了医院。

那些晚上，夏森根本没睡。

望着病床上瘦弱的父亲，夏森流泪了。两个姐姐已出嫁，妈妈也体弱多病，不能再去外面奔波了。夏森默默地拭去泪水，知道自己该怎么做了。

就这样，孝顺让这位年轻人放弃了繁华都市的诱惑，留在生他养他的家乡。

在武潭，夏森看到了家乡日渐富裕的同时，也看到了很多忧患，空巢老人、留守儿童比比皆是，而一些不愿出去打工的人，正在茫然地望着前面的路。

这时，国家号召开放乡镇全域旅游。

夏森的眼睛一亮，他决定响应国家号召，从此处着手，带动本地经济发展。

2019年8月，夏森加盟武潭镇志愿者协会，他和志愿者协会的同仁一起，积极参加各项爱心活动，扶贫济困、助学赈灾，活跃在爱心活动第一线。

2019年9月，夏森经过深思熟虑，和朋友们一起，决定成立湖南武马旅游发展有限公司。

2020年1月14日，在汉寿县城，仍然是一个简朴的场所，仍然是一杯浓浓的乡情，夏森坐在我的对面，他用地道的家乡方言，告诉笔者：关于武马旅游发展有限公司，旨在带动地方经济发展，把游人引到武潭，让武潭被更多的人熟知，让人们熟悉武潭的鱼、武潭的菜、武潭人的豪爽、武潭人的气魄！

夏森说，他还要把武潭人的腐乳、坛子菜、擂茶、竹笋及更多的特产，让更多人品尝，让更多人知道，知道这个古老的乡镇，还有这么多好吃的东西，还有这么多深情的故事。

2019 年 12 月，武马旅游发展有限公司先后与桃花江旅行社、碧螺风景区、夏楚中将军故居、莲花坪现代农业示范基地、马迹塘抗战纪念馆、九岗山风景区接洽，寻求合作。他深情地告诉笔者："武马的明天，将万里晴空。"

其实，家乡也蕴含着强大的潜力可以挖掘，只要你目光敏锐、思维清晰，你一定能找到一条属于自己的路。

下午 2 时许，夏森要回去了，我没有送他。我知道，他在走一条什么样的路，而且是怎么走的。风雨之后，坎坷之后，他会笑着站立于人生最亮丽的风景之巅。

归来，便是辉煌！

一个农民大嫂的传奇

2020 年农历正月初四，我驱车来到桃江县大栗港镇先锋桥村。当车子在一家书有"邱嫂擂茶馆"的别墅面前停下时，一位戴近视眼镜的中年女性笑吟吟地迎上来，紧紧地握住我的手。

她叫陈霞，我称她为邱嫂，1974 年 4 月出生，娘家在益阳市金银山。

“其实，我娘家是大栗港的，婆家也是大栗港的呢。”陈霞说。父亲陈习春，1949 年出生，原籍为桃江县大栗港镇卢家村。六岁时，他过继到泗里河陈姓，成年后到清塘煤矿工作，成家后生育陈霞姐妹三人。于是，一家五口依靠陈习春微薄的工资生活。到 1991 年，学习成绩优秀的长女陈霞，为了减轻家庭负担，读完初中后便没念书。

1999 年，25 岁的陈霞经人介绍，和丈夫邱信林步入婚姻殿堂，婚后便有了一对人见人爱的女儿。

陈霞嫁到邱家时，婆婆早已去世，日子过得很是清贫。到了 2001 年，公公邱智冬患肝癌，虽然儿女们多方奔波治疗，但回天无力，四个月后，老人不堪病痛的折磨，撒手西去。

这时，陈霞夫妇已负债累累。为了还债和生存，他们只好到刘家村舅舅家借屋居住且长达 10 年。为了维持生计，陈霞到处打短工。

在刘家村，陈霞夫妇什么苦都吃过，开风暴机，种租田……反正，只要能赚钱，他们什么活都可以干。就这样，一个从城市嫁到乡下的女孩子，从柔弱到刚强，几乎在一夜之间完成。

2008 年，陈霞夫妇回到了先锋桥老家。他们把破烂的老屋简单地修理一下，再搭建了几间猪舍，然后，买了一批小猪喂养，试图从养殖方面取得突破，从而挣点钱。

可是，待小猪长成后，正遇上猪价大跌，没来得及捡漏的房子被连夜大雨抽打得摇摇欲坠。

到 2009 年，为了改善自己的居住条件，陈霞夫妇合计，决定修建房子。可是，修房子，谈何容易？丈夫性格内向，又有恐高症，主要是没钱。但陈霞认定了的事，便要去干，撞倒了南墙也不回头！于是，借钱、选址、请工人、联系建筑材料等，都只能靠她一人去奔波。在修建房屋期间，陈霞既主内又主外，如一个上足了发条的机器人，里外忙碌。整栋房屋从开始修建到竣工，只请了30多个小工。到2010年4月，一栋颇具规模的三层楼房修建成功。这时，陈霞才有一种脚踏实地的感觉。

修房子欠了近20万元的债务，陈霞必须尽早还清。

以后，陈霞开始涉足服装生意。她先从益阳市区进货，然后，自己开着三轮摩托车，去附近乡镇赶集。无论寒暑，都是在凌晨5点钟出发，忙碌到中午时分才回。回家后，她匆匆扒了一碗饭，便去益阳进货。岁月匆匆，一个城市少女到一个乡下农妇的蜕变，原本是这样艰辛。

这时，14岁的大女儿进入了叛逆期。为此，陈霞只得放弃服装生意，陪女儿读书，并且，她利用自家禾场宽阔的有利条件，开办了一家洗车场，以维持家庭生活的开销。

2014年，精疲力竭的陈霞，在一次偶然的串门中，看到了邻居做的柚子皮糖很好看，尝一块，好吃。她看到了商机，决定从此处入手，开发农家食品和茶饮系列。

在大栗港镇先锋桥村的陈霞家里，主人公夫妇热情地带我参观了他们的农家菜系列：腊八豆、手工腐乳王、香辣木瓜丝、灌心辣椒、洋姜、擦豆角、辣椒萝卜、酸甜刀豆、酸辣藠头、黄米粉、白辣椒、剁辣椒、红薯叶酸菜、梅干菜、辣洋萵、酸枣皮……

参观后，坐定，我接过陈霞递过来的一碗甜酒，喝一口，很甜，是那种乡下独特的甜味。然后，上了一碗擂茶，洁白如乳，佐茶的有红薯片、巧果、南瓜子……一共24碟，未尝其味，先闻其香，且令人目不暇接。

陈霞告诉笔者，除了卖坛子菜系列，她还利用自家房屋处于

308 国道的地理优势以及擂茶之乡的口碑，创办“邱嫂擂茶馆”。在屋舍的门前门后，有丈夫邱信林亲手搭建的竹亭，里面的竹凳、竹桌一应俱全，可供多人同时喝茶聚会。

陈霞夫妇告诉笔者，他们的坛子菜系列的原材料从不到农贸市场进货，而是从乡下农户家收购他们种的蔬菜，虽然价格贵点，可那是真正的纯绿色食品，用农家肥浇灌，且不用农药。在收购方面，陈霞都是先从孤寡老人、贫困户家庭收购，而且，收购价也高于其他人。

2017 年 7 月，陈霞注册了商标，办营业执照、食品经营许可证。她还在邮乐购平台销售。

6 年来，陈霞的农产品系列成功地销往全国各地，营销网络一旦打开，雪片似的订单纷沓而来。

2014 年，经济尚不宽裕的陈霞加入桃江“爱心之家”。不管多忙，只要有爱心活动，她都会积极参与，从不缺席。而且，她每年都会拿出一部分省吃俭用存下的钱物，送到真正需要者手里。5 年多来，陈霞和爱心志愿者一起，数次到三堂街、武潭、马迹塘、大栗港等乡镇，去贫困家庭、孤寡老人家里，送必需物，送温暖。

自父亲去世后，2010 年，母亲瘫痪。陈霞夫妇将老人接到先锋桥，因为生活不能自理，老人的饮食起居便是由陈霞夫妇照顾。

妈妈一向喜欢清洁，作为大女儿的陈霞，忙里忙外后，还要帮老人洗澡，端屎接尿、穿衣喂饭，无微不至地照顾老人的衣食住行。在陈霞的朋友圈里，我常常看到她用瘦弱的身体背着 65 公斤体重的娘，步履蹒跚地行走。作为女婿的邱信林，也积极为岳母治疗。到现在，岳母自己能够用板凳支撑着上厕所、洗漱、吃饭喝水，能简单自理。

“谁也不会想到我妈妈能够恢复到这个样子。”陈霞深情地望着丈夫，感动地说。

可是，邱信林想到了2001年那个暗灰色的春季。

父亲邱智冬无助地蜷曲在床上，剧烈的疼痛让他面部扭曲得很可怕，作为儿媳的陈霞，每天都是衣不解带地服侍病人。公公想吃什么东西，她会想尽一切办法，帮公公买到，并且，亲手洗净，喂到公公嘴里。五月初五是端午节，陈霞前去益阳跟母亲过节，下午4时许，陈霞要回家，母亲想留女儿睡一晚，可陈霞坚决推辞。

在回家路上，陈霞还为公公买了一袋提子，当她风尘仆仆地赶回家时，公公正处于弥留之际。儿媳小心翼翼地把提子洗干净，然后送到老人口中，这时，老人已不能言语，他把儿媳剥好的提子咽了下去，泪流满面地望着所有的亲人们，瞑目而去！

先锋桥人告诉我：老人走的时候，也是一身干干净净的。

下午4时许，我应该回去了。

大栗港，这块养育了我30多年的沃土上，仍然依稀可辨我曾经的足迹，多少次回到故土，多少次惊喜地发现：家乡除了发生日新月异的变化外，还涌现了那么多令人感动的人物和故事！而那些出现在我笔下的乡下人物，总是在默默无闻中不经意地折射出最灿烂的光华！

从城市到乡村，从弱女人到女汉子，我们不难看出陈霞在走一条什么样的路，而且是怎么走的。她用瘦弱的双肩担起勤奋、孝道、爱心、大义的重担，铿锵地行走在农村广阔的土地上，用汗水与辛勤劳动谱写了一曲最美丽的赞歌！

距春天只一步之遥的正月初四，阳光灿烂，返程的车子启动了，“邱嫂擂茶馆”渐渐远去，而唇齿间仍氤氲着茶香。

彭立夫

前几天接到了表哥曹应秋的一个电话，在寒暄之后，他问我："认识彭立夫吗?"

"当然认识，我们还是微信好友呢。"

"我们可是合作伙伴呢，而且，和你表嫂习兰还是同学啊。"表哥在电话那头说。

我忽然有一种想见见彭立夫的冲动。

2020 年 4 月 10 日，在湘西北的一隅，我见到了风尘仆仆从桃江马鞭溪驱车而来的彭立夫，微信昵称：大丈夫。

大丈夫没有顶天立地的感觉，但人很实在，眼睛里传递着栗山河人的精明。这时，暮春的雨正敲着五楼的窗户。喝完一杯茶或者一杯酒后，我们不约而同地把目光透过迷蒙的雨幕，想起了一条名叫资江的河流。

1962 年 2 月，彭立夫出生在桃江县栗山河乡（今属大栗港镇）马鞭溪，父母生他们兄弟姐妹五人，他排行第二。5 岁时，立夫几乎是急不可待地背着娘缝制的小书包，进入马鞭溪小学；10 岁时，进入九湖中学。两年后到桃江六中，1977 年高中毕业时，立夫已是一个 15 岁的少年。

1978 年，16 岁的彭立夫开始涉足商场。从席子、五金小电器到服装，他的足迹遍及全国 20 多个省。到 2000 年，立夫回到了家乡，在三堂街镇创办了"长发木业"，经营长达 14 年，年纳税 20 多万元，并安置了当地剩余劳力 200 多人。

2015年，彭立夫把目光瞄准板厂配件，并成功地成为华锋、汇锋锯片在益阳的总代理。在滚滚的商业大潮中，他谨慎地行走着，以质量求生存，决不以次充好。他所经营的板厂配件远销怀化、邵阳、郴州、衡阳、娄底等地，以自己的诚信经营换取回头客商。

1984年，立夫和三堂街镇花桥村李桂莲喜结连理，婚后，便生育了两个女儿。女儿优秀，都是本科生，而且，两姐妹均在深圳工作。大女儿从事教育，小女儿在一家跨国公司做会计，两个女婿都是工程师。

彭立夫发家不忘乡梓，急公好义，孝顺长辈。

2008年5月12日，汶川大地震让国人凝聚了中华民族强有力的大爱精神，十多亿人的目光不约而同地关注着灾区。彭立夫也不例外，他知道这个痛彻心扉的消息后，第一时间将两千元人民币送到三堂街镇人民政府，表达了一个农民企业家的一份心意。

2017年某月，彭立夫参加了高中同学聚会。他看到昔日的同学中，有一个同学还未能脱贫，便慷慨解囊，拿出350元，以解同学的燃眉之急。立夫的爱人桂莲女士，也和丈夫一样热心。在三堂街一带，只要知道谁有个三病两痛，或者遇上急需钱时，她会和丈夫一起，去看望病人，主动借钱给他人。至于人家什么时候偿还，他们从不计较。

立夫告诉笔者：他的老娘已87岁了。老人身体虽然还算健康，但毕竟年事已高，需要人照顾。立夫三兄弟总会承欢膝下，把老人照顾好。老人的三个儿媳也把婆婆当成亲娘，只要能挤出一星半点时间，三子三媳和两女两婿，便到老人居室，送些老人喜欢的东西，陪老人说笑，让老人开心。

好想和立夫抵足谈心，听他说他的奋斗史，说我们的资江。可是，他执意要回去，他放心不下 87 岁的老娘，娘也牵挂着 58 岁的儿子啊。而且，在我们几个小时的相聚中，竟然有十几个电话打来，大部分是关于业务方面的。我知道，商场如战场，于是，送他下楼，看他钻进他的私家车，匆匆离去。

兄长卢日成

在认识卢兄的时候，便大有一种相见恨晚的感觉。

卢兄名日成，中等个子，笑容始终挂在脸上，很真诚的那种。如果远远遇见一位熟悉的朋友，卢日成便会加快脚步，走上去，然后紧紧抓住对方的双手，初时问好，继而大笑。

认识卢兄是 20 世纪 80 年代末，那时他只是一位技术很好的木匠。遇见他时，他正在我娘家里做木工活，一边刨着一块木头，一边唱着那个年代很流行的《黄土高坡》，声音浑厚、悠扬、苍茫。我们一见如故。到收工时，他不想在我家吃晚饭，非要拉我去他家喝酒不可。那一晚，我们都很开心。那晚，我就住在他家。

以后，我们的交往便渐渐多了起来。我叫他卢兄，他便爽快地应着。门前那条溪水潺潺地流淌着，如黄金村人一般实在与善良。激起的水花荡漾着一种欢快。一些脚步远去了，一些脚步又回来了，如一种深藏的依恋。

有一个除夕，我和卢兄一起到了桃江县城，因为是大年三十，事没办好，而且也没车回了，便去了他的一位朋友家里。主人姓张，大名宏波，很书生气，也很热情。没多久，一桌色香味俱全的菜由我们三人共享。我对那个除夕的印象很深，我们喝着酒，谈笑着，年味从窗外飘进来，笑声从窗内传出去。到午夜时分，当鞭炮声轰然炸响时，三人竟然激动得紧紧相拥，互祝新年快乐。

我和卢兄就这样淡淡地交往着。以后的日子里，或者你来，或者我往，我们可以抵足而眠，谈一些家长里短。岁月的流逝让我们华发频生，但不变的友谊更显示了乡下人的直诚。作家也好，企业家也罢，身份、地位与我们的友谊无关。

后来，我回黄金村的日子越来越少。80 岁的娘舍不得她的邻居以及喂养的鸡和狗，便拒绝和我们同住，固执地坚守着自己的一亩三分地。我每次打电话，老人总是感激地说："邻居们很好哩，卢日成常来看我，照顾我哩，不要牵挂我啊。"

其实，人生有很多遇见，有时擦肩而过后的驻足，然后回头一笑，便是一种完美的遇见。人生是一种行走，有的遇见行色匆匆，有的遇见刻骨铭心，我们可以把征衣搭于肩上，伸出布满老茧的手，紧紧相握，然后开怀地笑……

有一种遇见叫友谊，有一种友谊叫永远！

村支书曹麦新

2020 年 12 月 11 日，刚结束桃江县文联第三次文代会，我应家乡殷殷的呼唤，来到了中国美丽休闲乡村：朱家村。朱家村是大栗港镇的一个村，离我居住地仅 10 多里路程吧。青年时的足迹仍然固执地刻在深深的记忆中。2003 年年初，为了生计，我离开了家乡，去了常德。四年多的时间，我写了家乡七八十个优秀人物。直到有一天，许多关注我文字的人，不约而同地问我：怎么没有写朱家村村委会的曹支书？忽然一惊，我怎么能忘了他呢？

12 月 11 日，我乘车到了大栗港黄龙嘴，刚下车，好友曹歌早已等候多时。严冬时的朱家村，美丽如画，十里朱溪清澈见底，鱼在水里快乐地游来游去。曹麦新说他太忙，只能午时和我见面，这个时候我不该打扰他。我在曹歌家吃午饭。接踵而来的故事便是一个关于遇见的故事。就这样，在一个烟雨蒙蒙的下午，在中国美丽休闲乡村朱家村，我和曹麦新的手紧紧地握在一起。

这是一双农民的手。这双手长满了老茧，正是这双手，带领朱家村 2540 多名村民，艰苦奋斗，砥砺前行，把一个贫困山区变成一个中国最美丽的乡村！在朱家村便民服务中心，在曹歌和肖育红夫妇的陪同下，我采访了这位刚刚从北京载誉回来的全国劳动模范曹支书！

曹麦新，1964 年 4 月出生，朱家村新屋里组村民，仅上完小学。5 年的求学生涯，麦新所学到的知识，就是能看懂一些简单的文字。家庭贫困是最重要的因素，但值得庆幸的是，穷则思变的概念在小麦新辍学那一瞬间滋生了！回村后，和大人们一起出集体工，他试图从贫瘠的泥土里找到属于自己的生存方式。可是，一年中 300 多个面朝黄土背朝天的日子里，尽管埋头苦干，仍然无法获取一日三餐的温饱。1981 年，为了改变家庭困境，17 岁的曹麦新到了板溪锑矿，在深不可测的矿洞里，一条弯扁担让一个青涩少年的青春，在黑暗的碰撞声中凝成点点滴滴的汗水和泪水。一天一块五毛钱的工钱，除了能养家糊口，还能让自己的人生价值得到升华。两年以后，麦新到了当时的大栗港公社茶场工作。1990 年，曹麦新被调到栗山河乡人民政府，从事计划生育工作。到 1994 年，他光荣地加入了中国共产党，并担任朱家村村民委员会主任，次年，任村支部书记。

就这样，一个大山的儿子以农民的纯朴，一步一个脚印地走过风雨和沧桑，以自身的素质和勤奋换来了党和人民的信任。1997 年，曹麦新调入大栗港镇劳管站、安监站以及企业办，一干就是 10 年。到 2008 年 5 月，朱家村选举，全村 1800 多名选民，有 1760 多名村民强烈要求曹麦新回村任支部书记。曹麦新回到了这块生他养他的土地，担任朱家村支部书记、村主任职务。面对贫瘠的山村，面对一张张熟悉的面孔，曹麦新冷静地思考着……大自然赐给了朱家村优质的自然资源，可朱家村村民需要一个能引领他们走向辉煌的领头羊！2008 年 5 月，历史选择了曹麦新。曹支书决定先修路！万事开头难啊！朱家村有近 7 公里的主干道，平日下雨天积水，晴天尘土飞扬，而且路宽仅 3.5 米，没有资金，怎么办？麦新把自己辛苦存下来的积蓄拿出来，郑重地放在会议室的桌子上……村民们感动了，他们纷纷拿出自己的钱，交给这位朱家村的当家人。你几百，他两千，数双长满老茧的手慷慨解囊。村民纷纷把自己辛苦挣来的钱郑重地交到支书手里，他们相信曹麦新。他们认为应该把好钢用在刀刃上！

在曹支书的带领下，朱家村集资 32 万元，用 5 个多月的时间，把原来 3.5 米宽的公路拓宽为 8 米，全部硬化。曹支书告诉笔者：早在 2009 年，朱家村禁止电鱼、毒鱼，并且有专人清扫全村垃圾。无论你什么时候到了朱家村，便会发现，清亮的朱溪清澈见底，水里有游鱼自由游弋，而宽阔的公路上，一尘不染，令人赏心悦目。朱家村变了，由一个贫瘠的山村变得美丽富饶！2015 年，朱家村被湖南省人民政府授予“湖南省美丽乡村”荣誉称号；2016 年，被评为益阳市“美丽乡村示范村”。2017 年，中华人民共和国农业部将全国 150 个村庄评为“中国美丽休闲乡村”，大栗港镇朱家村有幸入选公示名单。

曹麦新支书也获得了党和人民授予的多项殊荣：湖南省优秀党务工作者，益阳市劳动模范，桃江县十佳党支部书记，桃江县最美基层干部，桃江县优秀共产党员，全国劳动模范。在朱家村的广阔天地里，曹支书脚踏实地地行走着。他很富有，两千多名父老乡亲围坐在一个大家庭里。他是当家人，他希望大家庭的成员们都丰衣足食，快乐生活！

曹麦新告诉笔者：在朱家村，绝对不存在上访户。有问题，大家一起解决，绝不给政府添麻烦。一个村支部书记，干出了成绩，并得到了党和人民的认可，但他仍然念念不忘因残疾而贫困的村民。朱家村的村民们告诉笔者，村民邹梅生，一家三口，老婆、儿子瘫痪，后来，儿子和老婆相继去世，致使邹梅生的家境更加困窘，苦不堪言。曹支书看在眼里，痛在心里，他组织党员为他家砍柴，为他奔波。村民邹伏兵，夫妻残疾，家境贫困，曹支书带头为他们捐款献爱心。在曹支书的带动下，村民们纷纷解囊，为贫困户捐款，让他们渡过难关。2016 年，曹麦新被评为省优秀党务工作者，获得奖金一万元。2018 年，被评为益阳市劳动模范，获得奖金一万元。他把这两万元交给村里，郑重地说：“这是我们村的荣誉啊，也是两千多村民努力奋进的结果，这钱，我不能要……”

2020 年 11 月 24 日，为期三天的全国劳动模范和先进工作者表彰大会在北京人民大会堂隆重召开。曹麦新作为全国劳动模范应邀参加。11 月 17 日，朱家村村民自发组织歌舞、舞龙、军鼓、花鼓戏、秧歌……他们以自己的方式，欢迎这位深受人民爱戴的好支书载誉归来。12 月 11 日夜，在好友曹歌夫妇、肖育红夫妇的陪同下，在朱家村村委会和梨园，我用 4 个小时的采访，零距离接触了一位平易近人的党支部书记。窗外的翠竹在风的吹拂下簌簌作响，似欢欣的笑声，与溅溅的朱溪遥相呼应。室内温暖如春，我们围坐在火炉边，聆听一位如兄长般的曹支书讲一个个奋斗的故事……

龚校长

我同龚校长在握手的那一刻，相见恨晚。

校长叫龚树应，正宗的羞女山人，退休后住进县城，在近桃路 303 号开了个“今世缘婚恋服务中心”，当一位月下老人。

校长常来我住的公寓，从不空手。有时带一把红薯叶子，或一包笋、一捆大蒜……他说，蔬菜是他从自家菜园里摘来的，农家肥喂养的，这可是纯绿色食品呢。他边说边得意地望着我，一副老顽童的样子。

校长的校园生活，似乎是一个永远也说不完的话题。我知道，桃李满天下的龚校长是忘不了他教过的那些孩子的。

在人生的路上，龚校长低调地行走着。听朋友说，年轻时，他还有过三次救人的壮举。可我们在一起聊天时，聊起这个话题，校长只是淡淡一笑，然后转移话题。

桃花开时，点缀得羞女山万紫千红，我们徜徉于大自然的怀抱，迎旭日东升，待夕阳西下。

于是，龚校长总会在我需要他出现的时候出现。他大我14岁，但并不妨碍我们的交往。我们就这样淡淡地交往着。他告诉我，在20世纪70年代初，他高中未毕业就进了军营，1977年退伍后当民办教师，1978年参加高考，超过录取线22分。就这样，一个从军营走出来的优秀教师、优秀校长，手执教鞭长达35年。

退休后的龚校长在县城近桃路创办了“今世缘婚恋服务中心”。他告诉笔者，他从事这项工作其实有20多年了，但正式注册是2020年6月21日。服务中心并非商业性婚介所，属城乡月老红娘工作室。

今世缘婚恋服务中心的服务宗旨为：先做人，后做事，凭口碑，求发展。服务宗旨为：圆少男少女爱情之梦，续失偶男女今世良缘，解痴心父母心头隐忧。

龚校长说，今世缘婚恋服务中心最大的特点是：不说假，不强劝，未成功不收费，不索取财物。

婚介与婚恋，一字之差，却有着天壤之别。未成功不收费，龚校长和他的“今世缘”不光说到，而且还真正做到了。我想，一个不以营利为主的服务性行业，肯定是极受欢迎的。

岁尾了，校长很忙，他喜滋滋地奔波于城乡之间，为一对对新人送上最真挚的祝福。2019年，经龚校长成功牵线的就有18对，且对对幸福美满。

2020年度湖南省金牌婚介机构人气评选大赛于10月21日圆满落下帷幕，今世缘婚恋服务中心获选票22910票，排名第四，荣获铜奖。

两万多选票是两万多人的欢呼。

在春天即将来临的时日，龚树应校长从羞女山下大踏步地走来，年近古稀的他，一脸善良，一路春风，他用羞女山人独特的目光亲切地对着资江说：愿天下有情人终成眷属，祝世间好儿女莫错姻缘。

杨国锋其人其事

2021 年 1 月 11 日，来桃江县城第 4 天。

我想写杨氏模氏联合社董事长杨国锋先生这个念头很久了，因为长居常德，采访不方便。这次回到了家乡，可以和杨先生零距离接触，一睹其风采了。

和兄弟世龙打了个电话，告诉他，我将来筑金坝一趟，认识一下国锋先生。而且，兄弟之间有 30 年没见面了吧，这次来，亦可以相聚一下。

世龙笑了一下，算是默认。于是我在湘运车站乘了车，一路春风，到达红云。

世龙早已站在那儿等我了。

兄弟，30 年未见啊。我拥着他，如在广东惠州那个叫三新的地方一样。我们的泪光里，有欣喜和激动。

我提出要见见国锋先生。

于是驱车，几分钟的车程后，我们到一个农家别墅下了车，便看见“杨氏模式联合社文化园”一行字，大气、稳重，以一个姓氏命名，是独一无二的。

别墅的主人杨国锋迎了上来，紧紧地握住我们的手。

在杨国锋先生的大厅里，我见到了他和很多各界要人的合影，还有一些题字。

据桃江县交通运输局驻红金村第一书记周向荣介绍，在2019年2月，“杨氏模式联合社”在大栗港镇红金村成立，由全国农村青年科技示范标兵、中国改革功勋奖章获得者、省劳动模范杨国锋任董事长，全国劳动模范、朱家村党支部书记曹麦新任理事长，下辖7个农民种养合作社，辐射全县7个乡镇，在油茶基地和迷迭香基地中，联合社采用统一规划指导购苗和销售。组委会负责组织、宣传和实施，农户自己投资、管理。到2020年下半年伊始，红金村47户农民陆续加入了“杨氏模氏联合社”，他们的1000多亩山林都用来种植油茶林、套种名贵中药材——迷迭香。

因为世龙兄弟的盛情邀请，我们和周向荣书记、杨总一行，到温家共进午餐。

世龙嫂子是萧家女儿，烹饪技术很好，菜可口，酒亦醇香。我们把酒言欢，和30年前的兄弟再度握手，和神交多年的杨劳模相识于斯，总感觉桑梓之情在一个崭新的春天里袭来。

国锋先生还是烈士温伟彬的岳父。对于女婿的不幸，杨先生一脸悲怆，他为烈士的壮烈而悲痛，也为这样的女婿感到自豪。

杨先生告诉我们，温伟彬烈士自幼勤奋努力、刻苦求学、成绩优异，立志投军报效祖国。入伍以后，他爱岗敬业，勤学苦练，钻研技术，乐于奉献，从一名普通的士兵成为副团职空中机械师、教员。他先后荣立三等功2次，参加2015年纪念抗日战争胜利70周年国庆大阅兵，被评为先进个人。

2019年9月30日，温伟彬在执行飞行任务时壮烈牺牲。

到了该离开筑金坝的时候了，下午5时许，我们恋恋不舍地离开了红云，乘上了去县城的公交车。

每一次遇见都有一个感人的故事，我们珍惜每一份来之不易的友谊与感动，风雨兼程，无怨无悔。

筑金坝的春天，阳光遍地。

万紫千红总是春

这是一个暖洋洋的春天，我从桃江县城驱车，来到筑金坝红金村。

在全国著名生态农业专家、劳动模范杨国锋先生的农家别墅里，我认识了周向荣先生。

周向荣是桃江县交通运输局副科级干部，2018 年 6 月，他带着组织的嘱托，来到了大栗港镇红金村任第一书记、驻村帮扶工作队队长。

这位 1972 年出生，被誉为“扶贫路上的硬汉子”的同龄人，他用我久违的家乡方言，告诉我他到了红金村之后所走过的路，每一步都充满艰辛和回味。

1992 年，周向荣参加工作，他先后在桃江公路局、益桃一级公路管理处、马迹塘收费站、桃江公路管理局、桃江县交通运输局等单位工作，曾任桃江路政大队长，2007 年任马迹塘收费站副站长（副科级），2010 年任桃江公路路政执法大队大队长、公路局党组班子成员，主管路政、治超工作。2016 年我县交通体制改革时，原公路路政执法与交通道路运输管理合并组建成新的桃江县交通运输执法大队，公路局党组委派周向荣带队，将 56 名路政执法人员平稳过渡到交通局工作，为桃江县交通体制改革做出了积极贡献。2017 年他正式调到交通局负责路政工作，2018 年 6

月，服从组织安排，到大栗港镇红金村担任驻村帮扶工作队队长、第一书记。

“这天是我来红金村的第四天，我同工作队员一起走访了 23 家贫困户，心情格外沉重。像昨天走访的温信楷老人，今年 76 岁了，儿子二级精神残疾。看到老人家弯着背在田里劳作的情景，我的眼睛模糊了，心里在流泪，感觉到自己肩上的担子好沉、好重……”

向荣，原谅我把你的扶贫日记摘抄了部分。

红金村穷啊，基础设施薄弱，缺少产业支撑。年轻一点的都出外打工了，全村有 340 多人因病、因残致贫。

周向荣来了，他大踏步地走在红金村狭窄的田埂上。

向荣用了 20 多天的时间，和驻村工作队员一起，挨家挨户走访每户贫困户。每到一户，他会留下自己的电话号码，让村民有事能在第一时间找到他。村里那些独身或年迈的老人，周向荣会隔三岔五上门，帮忙干活，陪他们拉家常。

村里有两户贫困户，屋顶漏雨，申请危房改造资金必须经过验收后才能支付。但人家没钱改造危房，怎么办啊？向荣二话不说，拿出工资先为他们垫付材料费。

材料钱有了着落，村民温谷丰、朱国华等人的危房改造得以顺利开工。劳动力紧缺，周向荣带领工作队员爬上房顶，当上了小工。到 2020 年，该村 48 户贫困户、五保户通过危房改造，都住上了安全宽敞的新房。

其实，向荣来红金村扶贫，当时还顶着非常大的家庭压力。妻子患病需要服药，岳母因胆囊癌做了两次手术，也需要人照顾。在那段时间内，周向荣坚持每天开车往返于红金村与益阳，忙的时候，一天只能睡上三四个小时。

“第一书记不是官衔和称号，是一种神圣的使命和担当。”周向荣如是说。

他又想到了产业扶贫。

2018年，周向荣和红金村村干部调研后决定，利用产业扶贫资金，为有劳动能力和产业发展意愿的贫困户送去宁乡花猪25头、鸡苗3000只，还购置化肥、饲料等，共3.5万元。周向荣教他们养殖技术，做好技术培训。到年底结算，贫困户平均增收900元。

之后，周向荣向县交通局积极争取到红金村公路硬化项目。在施工期间，他亲赴现场，昼夜守护工地，确保质量，零事故完成项目。当他知道还有老屋村、红岩嘴片区的村民饮水还成问题时，他立即联系技术人员，一起翻山越岭，寻找最佳水源。扩建和改造了红金村自来水工程，让村民们喝上了放心水。

前两年，周向荣和村支委一道，对8.4公里的村级公路进行了硬化，对全村农用电网进行了升级改造，在全村增加了7台变压器。同时，经过多方努力，红金村从交通、发改、环保、民政等部门争取了近百万元的资金，大力推进村级各项基础设施建设。

周书记说：“红金村不光要脱贫，还要致富。”

经过了解和考察，周向荣发现油茶林开发和迷迭香药材种植这两个项目很适合红金村的水土环境。于是，他专门请到村里的全国著名生态农业专家、省级劳模杨国锋先生，邀请他牵头大力发展这两个项目。2018年8月开始，油茶林开发已进入种植阶段，迷迭香药材种植也已全面铺开，年底已完成种植油茶林、套种迷迭香300多亩。

连续3年，红金村各项工作都名列前茅，而且，所有扶贫资金都落实到位，99 户 331 人顺利脱贫。红金村从大栗港镇后进村一跃而为先进村。周向荣带领的红金村驻村帮扶工作队连续 3 年被评为县先进驻村工作队。他获得了大栗港镇“优秀党务工作者”“优秀共产党员”称号，荣获三等功两次。2019 年，湖南省委组织部红星网视频《赤子初心》栏目第 36 集播放了《周向荣，扶贫路上永不歇脚的硬汉》，并在益阳电视台播出。他的先进事迹还在《湖南日报》《益阳日报》和各网络新闻媒体报道。

有人如是说：周向荣是扶贫路上永不停歇的硬汉。他在红金村驻村近 3 年，硬生生地让一个贫困村“旧貌变新颜”。尤为可贵的是，红金村脱贫后，必须致富。

在阳光灿烂的红金村，向荣如一株谦逊的谷穗，他的头颅感恩地垂向生他养他的土地，向一个收获的季节致敬。

等闲识得春风面，万紫千红总是春。

碧血丹心照长空

我和温伟彬为同一个镇的人，很早就知道他。2019 年 10 月 11 日，在湖南溆浦执行飞行任务时，因直升机突发机械故障，空中起火解体，他不幸壮烈牺牲，牺牲时还未满 37 岁。

我从媒体上知道了这个消息，感到震惊，为一位英灵的早逝默默流泪。

记得温伟彬牺牲时，我的朋友温世龙提供了伟彬父亲温建华先生的联系方式，那时，我应该到筑金坝去采访温建华的，但我止步了。我觉得烈士的家庭都笼罩在悲痛之中，我不应该去打扰他们。于是，在百里之遥的异乡，我只能陪着他们一起泪流满面。

2021 年 2 月，应桃花江文化研究会之邀，我回到了阔别已久的家乡。面对家乡日新月异的变化，我应该用自己的笔，讴歌沃土上的万千繁华。

伟彬，你走后一年多的今天，我去筑金坝看你，是否姗姗来迟?

3 月 5 日，我乘上红金村第一书记周向荣的车子，在全国著名生态农业专家杨国锋先生的陪同下，来到了英雄的家乡：红金村黄花村组。

杨国锋是温伟彬烈士的岳父，说起自己的女婿，国锋先生禁不住以泪洗面：女婿是好儿子啊，在 2011 年和女儿杨晓平结婚后，小夫妻举案齐眉、相敬如宾……

在杨劳模和周书记的引领下，我们驱车来到了温伟彬烈士的故居：青山翠竹掩映下的黄花村。

烈士的父母温建华先生、肖桃花女士早已在大门外迎接，两老显然早已知道了我们的来意，没等我们开口说什么，便泣不成声、老泪纵横。

温建华夫妇稍微平静后，向我们介绍了儿子成长的经历。

温伟彬，1982 年 10 月 10 日出生，1988 年就读于璩家桥小学。到 1992 年，因为父亲在大栗港农电站工作，他便从筑金坝中学转入大栗港镇中学就读。在大栗港读书期间，伟彬勤奋学习，刻苦认真，学习成绩一直名列前茅。后来，父亲被调到马迹塘电信局工作。当时，温建华打算把他转到马迹塘中学就读，可温伟彬觉得自己长大了，不想依附父亲，他想独立完成学业。就这样，他仍然住在父亲原来的宿舍里，一日三餐、洗衣浆衫，都由自己完成。据烈士父亲温建华介绍，他一直希望儿子考军政大学来报效国家。儿子也按照父亲及家庭的意愿，锻炼身体，勤奋学习，严格要求自己，不断磨砺自己的意志。2001 年 8 月 14 日，温伟彬被中国人民解放军陆军航空兵学院录取。

进入部队后，伟彬读完了 4 年军政大学，分到广东佛山军事基地。在父母及家乡人民的鞭策和军队的熏陶下，温伟彬一步一个脚印，从一名普通士兵晋升为中国人民解放军某部副团职二级空中机械师，中校军衔。

温建华先生还带我们参观存放烈士证书、军功章、纪念章的橱窗，里面整齐地摆放着烈士生前荣获的各种荣誉。这些证书和勋章，展现了一个飞翔在共和国蓝天上的优秀士兵的壮丽辉煌。

温伟彬烈士还参加了 2015 年、2019 年的国庆阅兵护旗方队、纪念中国人民抗日战争暨世界反法西斯战争胜利 70 周年的阅兵，并获得嘉奖。

2019 年 10 月 11 日，温伟彬驾驶的直升飞机在训练中突发意外。飞机出现故障，在迫降的过程中，为了村民的安全，他没有选择在村民居住区降落，而是选择降落山上。在降落过程中，不幸与山崖相撞，飞机坠毁，飞机上的 3 人因而献出了年轻宝贵的生命。

噩耗传来，家乡人民都沉浸在悲痛之中。

10 月 20 日中午 1 时 30 分许，在悲壮的哀乐声中，革命烈士温伟彬的骨灰安放仪式在桃江县烈士墓园隆重举行。从烈士进入桃江地界，沿途有数万群众自发为其送行。安放现场数百名军人、志愿者、学生和烈士生前好友以及各界人士前来祭奠、缅怀。

在烈士的家乡黄花村，我们参观了伟彬出生时的木屋，木屋虽然已破旧不堪，但烈士生长的痕迹仍然依稀可辨。

在温建华先生的引领下，我们进入了烈士居住过的房间，看到了烈士生前穿过和没有穿过的衣服，以及大量勋章、证书，还有整理成册的照片。

当飞机失事后的一块残骸出现于我们眼帘时，我们禁不住低头啜泣。

岁月静好，因为有他们负重替我们前行。

烈士就这样义无反顾地走了，带着对亲人朋友的无限牵挂，对飞行工作的无限眷恋，对战友和家乡的依依不舍，留下的是父母、亲人对他的不舍和不尽的哀思之情。

温伟彬烈士是不朽的！

张梦南夫妇和他们的宇华农庄

2021 年 3 月的一天，在摄影师柳卫平老师的相邀下，我和画家陈明老师夫妇一行，驱车前往三堂街镇龙牙坪新村牛郎村，拜访桃江县宇华农庄庄主张梦南夫妇。

宇华农庄坐落在牛郎村铁匠嘴蔡家冲，我们一行来到农庄地坪时，便见啄食的鸡、哞哞叫的牛、浮游的鹅鸭以及奔走的狗……在张梦南夫妇的引领下，我们参观了浸泡在水缸里的高粱，一大排水缸整齐地摆放着，很是壮观。那些高粱浸泡后，他们请来的传统酿酒师傅熊朝阳用从贵州购来的中草药制成的酒药丸子和从 30 里外汲来的羞女山泉水精心酿制酒。5 个月后，散发着浓烈清香味的高粱酒，将从牛郎村出发，走上千家万户的餐桌。

"我们的高粱酒可以到60度时，冷却后56度，可以保证酒的度数和纯度。剩下的酒糟经过堆放发酵后，便会滋生出很多白而嫩的虫子，用以喂鸡鸭。"张梦南如实告诉我们。在牛郎村那个阳光四溢的农庄里，我们接过女主人那一大碗擂茶，徐徐饮之，立即，那种来自大自然的清香，会让人唇齿生津。在千年古镇三堂街张梦南住所，我开始了对他们夫妇的采访。张梦南，1963年6月出生，三堂街镇牛郎村刘家湾组人。父母生子女5人，梦南居长。从小学到高中毕业，她在学校一共待了10年，到1979年毕业回乡。这时的梦南，已出落成亭亭玉立的大姑娘了。1982年，在媒人的撮合下，梦南和本村一位名叫郭学仪的小伙子牵手走进了婚姻的殿堂，并生育了两女一儿。然后，张梦南挽起袖子，一头扎进改革开放的滚滚大潮中，开办砖厂、篾厂和经销店，试图用自己的体力和智慧，来改变家庭困境。可是，事与愿违，在人生的道路上，张梦南总是磕磕撞撞地走着。学仪支持她，但两人之间似乎存在着很大的代沟。到底是什么原因，张梦南自己也说不清楚。苦心经营的砖厂倒闭了，1999年，张梦南和郭学仪协议离婚，就在这一年，年仅28岁的弟弟张资波也患病去世。天塌地陷，张梦南的泪水流进了资水。离婚后，梦南带着儿女离开了这块生她养她的地方，来到了省城长沙，从摆地摊贩卖衣服开始，然后做雨罩、做不锈钢防盗窗，开不锈钢材料店。这时，她的事业渐入佳境，儿女们也大了，张梦南可以无忧无虑地生活了！茫然四顾，自己的另一半呢？梦南的青春注定与"学"字有缘，到2005年，她认识了三堂街镇的胡学苏。学苏是三堂街镇乌旗山中学的教师，因为妻子长居意大利而协议离婚，教师独有的清高，也一直没有找到另一半。2010年，张梦南和胡学苏结婚了。婚后，两人在长沙小住后，因为学苏向往田园生活，于是，梦南将她的南平门门窗经营部交给儿女们打理，两人相偕回到了三堂街。2016年，胡学苏、张梦南的“桃江县宇华农庄”在三堂街镇牛郎村开张了。他们用挖掘机挖掘了占地数十亩的养鱼塘一口，并承包了原来村里的鱼塘，投放鱼苗万余尾，然后开辟牛圈、养鸡场、猪栏，并购来鸡、鸭、鹅，以及猪、牛、狗，细心饲养。2021年3月，笔者随摄影师柳卫平、画家陈明夫妇一起参观了张梦南夫妇经营的农庄。张梦南告诉我，她每天都到山上捡鸡蛋，一窝一窝的鸡蛋，十分可爱。学苏不光是教师，还是一位优秀的厨师。因为厨艺精湛，方圆数十里的村民，如果有婚丧喜庆之类，都争相请他主厨。胡学苏也乐此不疲，他用自己的技艺，让客人吃得开心。胡学苏每天凌晨5时起床，洗漱后，先将农庄的四周打扫干净；然后，为猪煮食，为牛打草，为鸡鸭撒放食物，为觅食的鱼添上几筐青草……累了，坐下休息，面对牛郎村渐起的晨光，他自得其乐地点燃一支烟，陶醉在青山绿水之中。

7时许，张梦南也起床了。这时，天已大亮。张梦南告诉笔者，她将前夫郭学仪也请来了，请他到宇华农庄帮忙。学仪也忠于职守，梦南夫妇没在农庄时，他会把庄园打扫干净，让这里的牲畜在干净的环境中长大，3个人如亲兄妹般地忙碌着，无拘无束。胡学苏的前岳父胡兰田老人也常来这里走动，老人已90岁了，但身体尚健。胡兰田是三堂街镇工商所的退休老人，对于张梦南，老人很是满意，逢人便说：“我又多了一个女儿，一个疼我的好女儿呢。”张梦南也常和学苏前妻胡华视频，两人如姐妹般嘘寒问暖。梦南说，要不是疫情的缘故，他们夫妇还准备去意大利做客呢。一个再婚家庭，一个拥有5个儿女的大家庭，虽然天各一方，但他们和谐地相处着。胡学苏的前妻和儿女们在意大利帕多瓦市定居，张梦南的女儿女婿一家在加拿大定居，但他们常常联系。在张梦南夫妇的盛情挽留下，我们一行在宇华农庄共用晚餐。天已暗，但农庄灯亮如白昼。主人把菜蔬端上餐桌，只见腊肉、土鸡、绿油油的蔬菜……当女主人斟上满满一杯高粱酒送到我们面前时，那扑鼻的香，那晶莹的白，让我情不自禁饮上一小口，呀，酒香不怕巷子深啊。说实话，我喝了 30 多年的白酒，这种纯正的高粱酒，还真的是第一次喝。晚餐期间，张梦南告诉我们，他们还挖了很多春笋，经过蒸煮、压榨、烘烤等一系列精心制作后，成为竹笋中的精品：干明笋。我拿起一张观看，白如玉、薄如纸，未尝其味，先闻其香。宇华农庄四周都是山林，张梦南夫妇准备将其开辟成果园，已栽种黄桃树、白桃树、柚子树、枇杷树、李树、石榴树等果树。“三年后，你们再来这里吧。”张梦南大笑着说。晚上 7 时许，我们一行离开了宇华农庄，驱车向县城驶去。这时，夜空下的资水，明月晃晃，微波粼粼……上天，请给我一个长驻宇华农庄的理由，让我喝上一壶高粱酒，醉上一万年。

桃江有个京湖湾

第二次来京湖湾了，这里是桃江县石牛江镇牛剑桥村，距县城仅 8.5 公里。

在摄影师柳卫平老师的引领下，笑容可掬的老总郭小林接待了我们一行。在郭总女儿郭双的安排下，在一间幽静的房子里，郭总接受了我的采访。这里是京湖湾农业综合开发有限公司，占地300多亩，集种植养殖、休闲、养老、美食、民俗、运动、娱乐、垂钓、茶饮、烧烤、采摘等于一体。郭小林，1963年出生。1981年，18岁的小林应征入伍，成为一名光荣的解放军战士。在军队的大熔炉里，郭小林入党了。以后的日子里，他以一个党员的标准严格要求自己、充实自己。1989年，小林退役了，被安排在中国新兴建设开发总公司天津分公司任总经理，一干就是12年。2017年，55岁的郭小林内退了，他和爱人一起，回到了生他养他、让他念念不忘的家乡：三堂街镇郭家洲。该为家乡做点什么？该为家乡留下点什么？郭小林陷入了沉思。同年，郭小林来到了石牛江镇牛剑桥村，在亲家刘资善的陪同下，经过认真考察后，决定从这里投资入手。他决定利用这200多亩土地和100多亩鱼塘，成立京湖湾农业综合开发有限公司。

2018年8月，郭小林的京湖湾破土动工。他动用4台挖掘机、1台推土机，清理100多亩鱼塘的淤泥，经过一年多的辛勤劳动，终于将淤泥清理干净。然后，将清水引入，投放20多万尾鱼苗和甲鱼苗。郭总告诉我们，他养殖的甲鱼和各种鱼类长势喜人。鱼塘边栽种着紫薇、茶梅、紫藤、玉兰、杜鹃，每到开花时节，不同颜色的花朵次第盛开，未近花前，便先闻异香。接着，我们一行参观了郭总的种养基地。占地500多平方米的养殖场里面，圈养着黑猪、白猪和花猪。郭总告诉我们，到2021年年底，猪圈里的猪将会繁殖到100多头，这里的小猪不会出售，全部留下自己喂养。鸡圈里喂养着1000多只鸡、鸭、鹅等家禽，它们散养在100多亩的果园里。果园里栽种的果树是不会去喷洒农药的，滋生的虫子和青草会被家禽啄食干净，因此果树郁郁葱葱、硕果累累。果园里种有黄桃树、白桃树、李树、梨树、枇杷树、无花果树、猕猴桃树、血橙树、金橘树、丑橘树、柚子树、柿子树、石榴树……置身于京湖湾的果园，能欣赏到大自然季节的变换。这里，一年四季均有果子采摘。此花开了，彼花挂果，待到硕果成熟时，香飘十里。京湖湾农业综合开发有限公司还开辟了6亩左右的菜园，他们利用季节的温差，种植着不同的蔬菜。这些蔬菜不用大棚，不喷洒农药，也不施化学肥料，完全用农家肥浇灌。待蔬菜长成后，全部用于京湖湾餐饮业。我吃过三次京湖湾的大餐，原汁原味的蔬菜以及腊鱼、腊肉、土鸡、甲鱼……经过这里的厨师精心烹制后，令人口角生津，胃口大开。餐厅很大，宽敞而且明亮。加上包厢，可同时容400余人用餐。据郭双介绍，来这里吃饭的，除了慕名而来的食客外，还接待了众多的不同地域的社会团体。

鱼塘的四周，挤满了许多垂钓者。郭双说，她建了一个垂钓群。每天晚上8时许，她会发一个红包到群里，手气最佳者次日可以免费垂钓，其余的垂钓者一天每人收费50元。钓鱼技术好的，一天下来，可钓到40多斤。郭总告诉我，他拥有四个好儿女呢。大女儿郭双、女婿刘伟一直在外拼搏，当他们知道父母在家创业的消息后，小夫妻双双辞掉高薪职位，毅然回家协助父母打理农庄。儿子郭翔和儿媳张婷知道姐姐、姐夫回家后，亦辞去高薪工作，并卖掉在京城价值800多万的房子，回家创业。现在，京湖湾已初具规模。上了阵的父子兵正以崭新的姿态，厉兵秣马，昂首挺胸，在牛剑桥这片古老的土地上，留下崭新的、深深的足印。

羞女山下种田人

2021 年 4 月 13 日，接到了好友赵新飞的视频，手机中的他，笑容满面地说：“有个人物，很优秀呢，可以来三官桥写写吗?”

赵兄是个热心肠人，他曾带我去采访过一位三官桥的志愿军老兵。为了我的文字，他牺牲了很多宝贵时间。我刚想感谢一番，可他把电话挂了。

于是，从县城驱车，半小时后到了三官桥，我见到了今天的采访人物：赵稳军。

赵稳军，1977 年 12 月出生，修山镇舒塘村人。1983 年进入舒塘东风完小就读，到 1989 年刚读完小学就辍学了，他不想读书是一个因素，不会读书也是一个因素。

说不上狼狈，也说不上洒脱，赵稳军背上那个一半是书本一半是弹弓、木枪的书包，离开了学校，回到了虽穷但充满温馨的家庭。那一年，他才 12 岁。

12 岁的孩子过早地成熟了，但 12 岁的孩子怎样挑起生活的重担?

懂事的小稳军手持柴刀，只身前往距家里 10 多里山路的毛连村林场砍柴。他一天砍两担，一担重 100 余斤。那百十斤的担子沉甸甸地压在他瘦弱的肩上，不堪重负啊。他咬着牙，一步一步坚持着担回，然后卖给舒塘老街的肉铺、包子铺。一担柴 5 块钱，一天有 10 元收入。赵稳军拖着两条沉重的腿回家后，把钱全部交给父母。

15 岁时，赵家家庭境况稍有好转。在父母的支持下，赵稳军购来了两条船，资水上涨时打鱼，水退时淘沙。少年时的时光几乎在资江水面上度过。就这样，15 岁的少年撑起了家庭的一片天地。

19 岁时，赵稳军购来流动打米机，一天两头黑地奔波于附近乡村。他父亲是资江边造木船的师傅，埋头苦干一天，工钱 15 元。儿子开着打米机流动打米，一天可赚 300 元。同样是体力劳动，儿子的收入高出父亲 20 倍。

23 岁时，赵稳军修建了一栋楼房。同年，在媒人的撮合下，他和邻村漂亮的姑娘钟雪云结婚成家。以后，还拥有一对人见人爱的儿女。为人子为人父的他，发现自己身上有一股使不完的劲。

2001 年，赵稳军受聘于桃江县电影公司。白天，他为婚丧喜庆提供摄像服务，晚上奔波于邻村放映电影，而且一干就是 7 年。

从电影公司回家后，赵稳军开始大规模种植水稻。他承包了舒塘 380 亩水田，并购买了旋耕机、插秧机、收割机，农忙时，请来附近种田汉帮忙。

作为新一代农民，尝到了甜头的赵稳军决定在家乡甩开膀子大干一场。稻谷收割后，他购来两部烘干机，作烘干稻谷之用。一年下来，每亩水田可以收入 200 元左右。

2014 年，赵稳军正式挂牌宣布成立“桃江县友良农机化服务水稻种植专业合作社”。他投入资金 120 万，并于 2018 年 11 月，成立桃江县友良家庭农场。

从 2015 年伊始，他租用旱田栽种梅树 1000 余株，长势喜人，均已挂果。果园里，他喂养着高山跑猪 200 多头、本地土鸡数百只、羊 10 头、牛 10 余头，利用舒塘村的自然环境，将它们放牧于山林，自然生长。

赵稳军指着那些黑黝黝的、满山乱跑的猪，微笑着告诉我们：这些猪平时喂食极少，从不关养，它们每天都会跑出去觅食。所以，这些猪生长缓慢，一年多才长到 100 余斤。这种猪肉口感好、肉质细嫩、味道鲜美，所以，在猪肉价格下跌到 20 多元一公斤时，高山跑猪肉仍然可以卖到每斤 45 元。

高山跑猪野性十足，遇上生人会主动攻击。赵稳军因有事外出 20 多天，回家后再度接近它们时，竟被其中一头猪咬了一口。一个多月过去了，伤口依然清晰可见。

当我们再次来到羞女山下时，这位 43 岁的中年人完全融入了他所经营的万顷田野中。羊在吃草、猪在奔跑，鸡觅食、牛甩尾。满山青翠的果树在暮春时节，已次第挂果。

脸上星星点点的泥巴点缀着赵稳军真诚的微笑，他均匀地向平整的稻田撒播谷种、撒播希冀。羞女山下的种田人，正以青春之躯，昂首挺胸，阔步前行！

园艺师

2021 年 5 月 23 日晚，柳卫平老师打来电话，说有一位很优秀的园艺师，是桃江县合水桥（今属三堂街镇）人。电话里，柳老师一再强调园艺师很优秀。

我来县城有好几天了，一直待在公寓里，写几个字，看看书。听柳老师这么一说，我很感兴趣，于是，从湘运车站乘公交车到东方新城，和柳老师汇合后，到林龙公司总部所在的创业村采访。

当步入林龙时，一帘春色竟扑面而来：那绿的树，婆娑起舞；艳的花，姹紫嫣红；站的草，摇曳多姿；假的山，怪石嶙峋。大自然的互生互荣，在园艺师的点缀下，一切都是那么和谐美丽。

龙总早就在公司门口迎接我们。龙总，大名龙元勋，1970 年生于合水桥董家村。知命之年仍如年轻人一样朝气蓬勃。作为同龄人，龙总毫不忌讳地谈他的过去："怎么说呢？我念到小学三年级就辍学了，离开学校时，才 11 岁呢。"51 岁的龙总苦笑着摇摇头。11 岁的孩子，还能干些什么呢？父母生他们兄弟姐妹 8 人，8 个嗷嗷待哺的孩子，就是喝水，一天也要喝几十斤。于是，父母开了一个经销店，经营一些乡下日常用品，晚上打几锅豆腐。那时的豆腐，可是乡下餐桌上的美味佳肴。

做豆腐需要柴，11 岁的小元勋便天天去山林里砍柴。手茧硬了，胳膊黑了，他用稚嫩的双肩挑起了家庭的重负。14 岁，元勋开始步入商场：他在本地贩一批凉席，天天奔波于湖南、湖北、河北、广东、广西各大小城市，赚几块可怜巴巴的差价。后来，龙元勋不甘于在土地里刨食，对于串街吆喝叫卖，也似乎不再感兴趣。太累了不说，赚的钱也不多。而且，贩卖凉席也是季节性的。1988 年，18 岁的他南下广东，为了赚钱，在广东各大小城市奔波，开过宾馆、做过物业。农村的孩子舍得吃亏，只要能合法地赚钱，就是透支体力，他也干！后来呢，由于判断失误，龙总投资失败，投资的巨额资金打了水漂。20 余年的拼搏和积蓄全没了，最后家徒四壁、负债累累。无钱寸步难行啊！"可是，你是怎么爬起来的呢，龙总？""应该感谢我的好朋友，特别是王壮，他把长沙一个绿化工程交给我，要我帮忙管理。"龙总一脸感激地告诉笔者。也正是因为王壮，龙元勋开始涉足园林绿化行业，承包这次工程，让他学到了很多园林知识。以后，他帮人家修剪、整理、布置园林。“对于涉足园林绿化行业，我还要感谢一位名叫邓普中的好朋友。”在采访中，龙总无不动容地告诉笔者。邓普中，桃江县灰山港镇人，“佳佳建筑公司”董事长。当龙元勋在长沙、湘潭、株洲等地做绿化工程时，邓普中几次打电话给他，要他回到家乡创业。2018 年，元勋从株洲风尘仆仆地赶回家。邓普中建议他成立一家公司，并把自己在创业村承包的占地 50 亩的绿化工程分包给他。当“湖南省林龙园林绿化有限公司”挂牌时，龙总便有了一种脚踏实地的感觉。他有了自己的用武之地，他可以利用自己所学到的知识与技术，把家乡桃花江装饰得更加美丽。

“龙总，在哪儿学习过园艺呢?”“我在浙江杭州、江苏苏州等地学习过。俗话说，人到三十不学艺，现在啊，过了三十更加要多学，不然真的适应不了这个年代的发展需要。”龙总自我解嘲地笑了笑，“我只读了三年书，现在感受到了知识就是力量这句话的分量。这不，我正在自学。”三年内，元勋和他的员工一起，分别在三堂街镇水岸、湿地度假公园等地搞园林绿化，得到了众多用户的好评。园艺师利用庭园巧妙地设计地形，让貌似简单却又复杂的大自然风光移植于一处，从而达到和谐、美丽的效果。龙元勋，这位商界中的奋斗者，正昂首挺胸地往前走!

我们都叫他华哥

也许人太懒，上午采访完桃江好人璩义和先生后，吃完中饭，看看手表，才下午两点多钟。早在端午节以前我和温建华约好了，端午节后和他在他家里见见面。于是，我和他打了个电话，便从兴坪出来，驱车前往黄花村。

这是我第四次来黄花村了，这次我应该写写温建华了。

我们都叫他华哥。

于是，在风景秀丽的黄花村，我和华哥坐下，泡一杯茶叶，点上一支烟，铺开纸笔，我认真地采访。

1954 年 12 月，温建华出生在筑金坝乡（现属大栗港镇）璩家桥村。建华说，父亲温道苏是老乡长，他教育儿女们要勤俭务实，要听党的话，而且做什么事都要认真，只要把事情办好了，吃点亏也值得，不要和他人斤斤计较。

1969 年，华哥初中毕业，回乡务农。

1972 年，华哥在桃江县养路段养护公路，1975 年被调往马迹塘邮电支局做乡邮员，负责马迹塘附近 19 个村的报刊邮件投递工作。那时的邮递员才叫累啊，条件差，全靠一条扁担挑着两大包沉甸甸的邮件，翻山越岭、走家串户去送邮件。一天迈着两条机械似的双腿，反复丈量 19 个村的泥巴路，那是一百多里路啊。到下班时，他不想吃饭，也不想说话，呈大字形躺在床上，可第二天还得继续。

1980 年，华哥结婚了，新娘是本乡牛蹄村最漂亮的肖桃花。

桃花让建华从一个小伙子变成一个大男人。1981 年和 1982 年，长子伟红和次子伟彬来到人间。温府添丁了，两兄弟那一声声比赛似的婴啼，让初为人父的温建华感到了肩膀上沉甸甸的责任。

华哥说，他最得意的作品是他的两个宝贝儿子。伟红在家务农，孝顺体贴，善解人意。伟彬读书勤奋，上进心强。父亲对伟彬寄予了很大的希望，他要儿子报考军校，学成后报效祖国。

以后，华哥在筑金坝公社广播站、筑金坝乡农电站、大栗港供电营业所、马迹塘干电话和线路维护的工作，到 2012 年才回到璩家桥务农。

后来，伟彬考上了军校，分到了广东省佛山军事基地。他一步一个脚印，从一名普通士兵干到中国人民解放军某部副团级二级空中机械师、中校军衔，参加了 2015 年国庆阅兵护旗方队、2019 年纪念中国人民抗日战争胜利暨世界反法西斯战争胜利 70 周年的阅兵，并获勋章。

可是，天有不测风云啊。说到小儿子伟彬，温建华痛不欲生、泪流满面……

2019 年 10 月 11 日国庆后的第 7 天，温伟彬驾驶的直升飞机在训练中出现故障，突发意外，不幸与山崖相撞，以身殉国！

听到这个消息，这位年逾花甲的老人无助地哭了，妻子也痛不欲生。

华哥选择了从悲痛中抬起头来。他想到了父亲告诉他做人的原则，想到了儿子为国捐躯的壮烈。他说，他要在有生之年，多做对人民有益的事。

“温爹好事做了很多，但他自己全不记得。”熟悉或不熟悉温建华的人这样说。

“记那么多干吗？自己心安就行了。”华哥淡淡一笑。

2019年底，疫情肆虐，全国人民一罩难求。温建华看在眼里，急在心里，村民们可以宅居在家不外出，可是，红金村村委的干部们要经常外出啊！他托人以5元一个的价格购买了600只口罩送到村委会，解了村委的燃眉之急。东家有三病两痛，西家有七灾八难，他都会如及时雨般将不菲的财物送到受灾或患病的人手里。

2020年上半年，红金村村委会为了人居环境卫生工作，到处租用割草机。割草机奇缺，导致环卫工作进展缓慢。温建华知道后二话不说，掏出2000多元购买了两台割草机，送到村委会。

2019年盛夏，60多岁的温建华背负10多斤重的割草机，走了6公里，把路两边的杂草割去。夏天骄阳似火，天气很热，割草机掠过之处，草屑和细小的石头直往人身上飞去，击得他辣辣地疼。温建华汗流浃背，却全然不顾这些，坚持着。在半个多月的时间内，他割去了红金村所辖范围内20余公里路段的杂草。人家割草要200元一天的工钱，温建华分文不取。

从2016年开始，温建华任红金村老年协会副会长，同时担任金门立体种专业合作社会计，2021年担任璩家桥组村民组长。

温建华没多少钱，妻子体弱多病，隔三岔五就去医院，但为了公益事业，他省吃俭用，出手慷慨。他说，他父亲是这么走过来的，儿子也是这么走过来的，67岁的他也应该这么走下去！

如果你路过红金村，你会看见一位衣着朴素的老人，或清扫道路或割除杂草……

他就是温建华，大家都叫他华哥！

好人璩义和

我认识璩义和很偶然：去超市购物，他的巨幅画像正笑眯眯地望着我，似乎有很多话要说，但什么也没说。璩义和是桃江好人，人们纷纷说着璩义和的故事，故事或长或短，很是清纯，没半点水分。原谅我的孤陋寡闻，我真的不认识这位桃江好人、道德模范，但我觉得好多年前我已经认识他了。那一脸真诚而灿烂的笑容给人深刻的印象，让人永远也不会忘记。2021 年夏天下了很多次暴雨，雨幕里的兴坪村发生了很多感人的故事。我们在这些故事里快乐地穿行着。这里是桃江县大栗港镇兴坪村，青山环抱、细雨斜飞，一幅美丽的画卷展现在我们面前。如果再向前走几步，我们就可以见到熟悉的资江了。

74 岁的璩义和坐在客厅里，接受了我的采访。“怎么说呢？我是一个典型的农民，喜欢乐器。结婚成家后，为了养家糊口，成为这里为数不多的渔民。和妻子高翠兰一起，驾一艘机动帆船，风里来雨里去，飘荡在资江水面。”1966 年大女儿佩英出生，1972 年小女儿佩云出生，璩家多了一代人啊，20 多岁的璩义和干劲更加十足。他和妻子并肩战斗，晨驾碎浪，晚踩薄雾，向那条我们称呼母亲河的资江要吃的。就这样，璩义和夫妇用艰辛的勤劳和灵活的头脑，换取了一家人的丰衣足食。这位 74 岁的老人告诉笔者，在 20 世纪 80 年代田地实行责任承包制后，他除了捕鱼，还苦心经营着自己的几亩责任田。捕鱼、种田，两点成一线，从没睡过一个安稳觉，直到大女儿佩英从学校毕业后，璩义和才长吁了一口气，把肩上的担子放下一半，便有了一种脚踏实地的感觉。

20 世纪 90 年代初，小女儿佩云南下深圳，或许是专业对口和自身的勤奋，佩云兼任着几家公司的财务和会计职务，在深圳扎下了根。大女儿佩英的日子也过得滋润：她的两个女儿大学毕业后，均到深圳发展，大女儿在小姨佩云的公司工作，小女儿也拥有了自己的公司。小辈们在外面过得好，璩义和欣慰不已。20 多年前，他把责任田转包给了他人。到 2010 年，他修建了别墅，过上了当代农民最舒心的日子。璩义和告诉笔者：他的老娘今年 100 岁了，仍然精神矍铄、满面红光，不光自己的饮食起居能够自理，还能帮儿子儿媳做一些家务活。我们去兴坪采访的那一天，老人去女儿家了。璩义和带我们参观了老人的卧室。当打开卧室的那一瞬，我们惊奇地发现：室内一尘不染、窗明几净。床上的床单折叠得整整齐齐，床头的一盆塑料花如同拥有了生命，鲜艳地开放着。打开衣柜，不同季节的衣服整齐地挂在衣架上……

璩义和说他是一个普通而充实的农民，他确实过得很幸福，小辈们很优秀，自己 70 多岁了还能为人子呢。老娘经常叮嘱他，要他多做好事，多做善事，天地之间有杆秤呢。正因为这杆无私的秤，让璩义和的名字前面被冠以“好人”两字。这两个字字字千钧，让一个人的善良传遍资江。璩义和赚钱是辛苦的，可一旦有人向他求助，他会慷慨解囊，从没半点犹豫。我是否可以用流水账的形式，向人们公布这位桃江好人的点滴善行？兴坪村一乡友身患白血病，因求医问药而负债累累，无奈向璩义和求助。璩义和二话不说，捐助 3 万元给她治病。曹家坪一乡友身患绝症，璩义和也慷慨捐赠 5000 元。原来的筑金坝医院因年久失修，已显破败之相。当地村民有伤寒感冒之类疾病，也不能在这里进行治疗。村干部想把卫生院修好，苦于缺少资金。于是，他们想到了好人璩义和。璩义和知道情况后，不仅自己捐了 4 万元，还打电话给女儿，让女儿把亲友召集起来，再捐 4 万元。原来的筑金坝中学房屋严重老化，璩义和想办法捐助了资金，改善办学条件。2014 年，兴坪大竹山准备修公路。这条公路全程 2.5 公里，修成后将方便 200 多位村民的出行。村民们自己集资后，还缺 30 多万元。于是，他们想到了璩义和。璩义和出马，大功告成。2014 年底，这条公路顺利通车。请读者们顺着我的笔，看一组震撼人心的数字：2009 年，修建牛首公路璩义和捐赠 2000 元；2010 年，兴坪片公路硬化捐赠 1 万元；2013 年，璩家桥村公路硬化捐赠 1 万元；2015 年，普及寺公路硬化捐赠 5000 元；2016 年，璩义和把女儿给他的 3 万元捐赠给璩家湾组，用于维修璩家湾山塘等。一组近乎枯燥的数字能够显示一个人的伟大与大爱，一个人的大爱亦可以让一个和谐社会产生感动与共鸣。好人璩义和告诉我们：这么多年来，他一直在行善的路上铿锵有力地行走着，在他的背后和前方，老娘和老伴高翠兰以及女儿女婿们，都是最强有力的支持者。

咏　姐

安老师教过我的小学语文，但对他的爱人熊咏芬我从来没有称之为师母，一直以咏姐称呼。令人大跌眼镜的是，上了年纪的长辈叫她咏姐，那个姐是语气助词，用来修饰咏字的。

安老师和咏姐是媒妁之言，还是自由恋爱？不知道。记得咏姐嫁到张家来时，我还只有十多岁吧。那时，和我同龄的小伙伴都会一拥而上去讨喜烟，而我却畏畏缩缩地躲在远处看热闹。香烟的诱惑与内心的胆怯在激烈地斗争着，终于，胆小占了上风，我正要走开，倒是这位心细的咏姐走到我的面前，递过两支香烟，并大笑着拍拍我的肩膀。这时，我的心跳加速，强迫自己吞咽下一口唾液，然后急不可待地接过来，扭过身去，急急地跑了。

就这样，我的人生中又多了一位叫咏姐的邻居。

咏姐心地善良，有讨饭的来她家，或衣衫脏旧或满面灰尘。素有洁癖的咏姐这时没有洁癖了，把人迎进屋，一宿两餐，临出门前还给几块钱，让那些要饭的感动得一把鼻涕一把泪。

以后的日子便如凉开水一样淡淡的，咏姐耕种着自己的几亩责任田，带着一双儿女，奔波在阡陌的田野中。为让一家人丰衣足食，咏姐从早忙到晚，有干不完的家务活、干不完的田地活，忙得想分身。

后来，受南下打工潮的影响，咏姐和丈夫安老师一起去了惠州打工。因为都是家乡人，大家收工后可以很随便地坐在一起，说些老家的故事，或真实或杜撰，以博得哈哈一笑，便是劳累了一天的最大回报。

1992 年，我从深圳狼狈不堪地到了惠州。因为咏姐在惠州，我从车站下车后，便直接到了她那里。在异乡见到了曾经朝夕与共的家乡人，我的高兴程度可想而知。

我在咏姐那儿住了 3 天，感受到了一种家的温暖。这位跟我没有任何血缘关系的女性，在我穷困潦倒的时候，伸出了援助之手。这双手是温暖的，如春风，似甘雨。

后来，我回到了家乡，然后从事繁重的体力劳动，帮人担砂石、烧砖，骑着摩托车贩卖些小商品，试图改善生活。

而最让我刻骨铭心的，便是2018年的正月初八，我选择在那一天去乡下销售洗衣粉。路过咏姐门前，她热情地叫住我："老弟，今天开张啊，开张大吉啊。"我心里热热的，这是一句温暖人心的话，很吉利，尤其是发生在正月初八这一天。这时，咏姐迎出门来，搬条板凳，递过一杯热气腾腾的茶，然后，要买几包洗衣粉。我知道，在去年年底的时候，她买过好几包的，今年再买，无非给我一个好兆头。我忙不迭地找她零钱，她说什么也不肯要。

那是一个充满和谐吉祥的春节，那个春节给了我人世间最真挚的温暖，我因此而振奋。

后来，我离开了家乡，去异地谋生。到2012年5月，父亲终因受不了疾病的折磨，最终默默地离开了我们。于是，我的家乡之行，便只剩下了一个"路上行人欲断魂"的清明节了。

和咏姐的联系总是断断续续的，似乎老天总不给我们见面的机遇：我回到了家乡，她却到了广东。每次去先人坟冢扫墓的时候，我总会路过她的屋前。明明知道她不在家，但总是很怀希冀地朝大门几度张望，好想大门如以前一样打开，咏姐从里面走出来，笑着告诉我："这里是你的家啊，老弟。"

是啊，庶吉堂是我的家，这里有我童年时的足迹，青年时的放歌。我有许多悲欢离合的故事发生在这片热土上，也有许多欢歌笑语在家乡的上空飘荡。

有一片生生不息的土地，叫庶吉堂；有一个欣欣向荣的家族，叫萧氏；有一个异姓姐姐，她的名字叫咏姐。

仁者，树仁也

我和胡树仁认识很偶然。那天和柳卫平去栗山河三堂街一带采访，在胡育群先生的介绍下，我们认识了。

2019 年 10 月 2 日，当人们正在欢度国庆黄金周的时候，我从县城乘车，去三堂街镇采访这位同龄人。

我知道胡树仁是三堂街镇大屋山村的党总支部副书记，知道他是享有盛名的桃江县黄旌酒业的股东，但我不知道他是怎样从贫穷而走向富裕的。

我乘公交车到三堂街古镇的时候，已是上午 10 时许了，胡树仁早已在车站等候。

在胡支书家里，他告诉我：餐桌上除了荤菜之外，素菜都是自己种的。至于酒嘛，也是黄旌酒厂酿的，在酒窖藏了 6 年多呢。

树仁是送过我黄旌酒的，我舍不得喝，送给了 80 岁的老娘。娘说好喝，她为自己在有生之年能喝上这么好的酒而感到开心。

酒确实好喝。在树仁家里，我轻轻抿上一小口时，酒香沁人肺腑。

饭后，我提议找个清静的地方交谈，树仁点头同意。

于是，我们一起来到他家 5 楼的一间幽静的房子里，没有客套，我开始了采访。

树仁是 1969 年出生的。他说他的童年很苦。1972 年，在他 3 岁多的时候，父亲因病去世。树仁有哥、姐 6 人，他是最小的。

为了儿女，娘没有选择再嫁。她说怕嫁人了儿女们会受气，男人在九泉之下会不安的。那年，娘才45岁呢。

胡树仁初中毕业就辍学了。中考时，全年级近200人，考上了高中的有9人，树仁是考上高中的9个人之一。可是，家里没钱供他读下去。就这样，当时才15岁的胡树仁懂事地选择了辍学回家务农。

胡树仁很快学会了耕田耙地，学会了节衣缩食过日子。他曾是娘的骄傲。他几次考了全校第一名的成绩。那时，学校还敲锣打鼓往家里送喜报呢。

农闲时，胡树仁学会了篾匠手艺。桃江县是中国楠竹之乡，三堂街竹多，他把竹子砍回家剖成细篾卖掉，然后精打细算地过日子。到19岁时，他竟然赚下了一笔钱，在老屋原址上修了一栋木屋。

1992年正月，胡树仁结婚了，新娘是本镇人，美丽端庄。当新婚酒宴散场时，他发现自己竟背上了1050元债务。

新婚后不久，胡树仁告别有了身孕的妻子，只身前往长沙、邵阳、双峰、隆回、武冈、城步等地经营石英钟、应急灯、电吹风机等。他不怕麻烦，办了营业执照，让自己的小本生意合法化。

就这样，他辛苦地在外面奔波了一年，不但把1050元债务还清了，还有2000多元存款。

胡树仁用2000多元钱开了一个经销店，这样既方便了周边村民，自己又能赚一点钱养家糊口。渐渐地，他把经销店的生意扩大，自己杀猪卖肉，还买来一个大冰柜，兼做冷饮生意。

1993年，树仁有了儿子。2001年，女儿也出生了。他感到了生活的压力越来越大。2008年，他在三堂街镇上租了间店面，他的旋板厂和环保木炭厂仍留在大屋山。他的环保木炭厂在益阳地区还是首家呢，是利用碎木屑和茅草为原材料。这叫废物利用。

树仁是经商的天才，认识他的人都这么说。

2012 年，86 岁的娘走了。娘辛苦了这么多年，看到了她的儿女们都争气，便放心地走了。胡树仁说，娘走得无牵无挂，走得很安详。

致富不忘乡梓，树仁说，他本来就是穷苦人家的孩子，是大屋山这块丰沃的土地养育了他，是娘为了儿女们不“憋气”，心甘情愿地固守着清贫，牺牲自己的幸福而让他成人的。现在他富裕了，要回报乡亲。

2009 年，在胡树仁的倡议和发动下，七里村三条林业公路如火如荼地开始修建了。2011 年，龙洞里村一条一公里路面加宽硬化。

胡树仁黑了，人也瘦了一圈，但他感到很欣慰。他本来就是农民的儿子，他的血管里汩汩地流着三堂街人纯朴善良的血液。

胡子佳是当地的贫困户，家中有一个智障妻子，吃的用的大部分靠政府救济和左邻右里施舍。胡子佳长年累月地在外做小工，住的老木屋东倒西歪，下雨天漏水，出太阳晒人。为此，胡树仁专程向村委、镇政府负责人汇报，争取了政府危改项目资金，并通过爱心人士和自己捐款，让他们住进了安全舒适的房子。

胡树仁还是远近闻名的孝子。在三堂街采访时，这里的左邻右舍争先恐后地告诉笔者：只要有好吃的东西，他都会先送给娘吃；平时有事没事总爱陪娘坐坐，陪娘聊一会儿天。

娘走后，胡树仁每每想起娘的音容笑貌，有时情不自禁地放声大哭。

2017 年，人心所向，胡树仁当选为大屋山村村主任，同年 7 月，他加入了中国共产党，成为一名优秀的共产党员。2020 年底，他被当选为大屋山村党总支部副书记。

树仁很忙，他现在与人合资，投入资金 400 多万元，创办了黄旌酒坊，已经申请通过并获取了一项国家专利，成为益阳市非物质文化遗产代表性项目。

十年树木，百年树人。树人者，先树仁也。

树仁是仁者!

钟维良

2022 年 1 月 23 日，因为去娄底市采访一位名叫钟维良的优秀共产党员，我在双峰县城待了两天，对这座历史文化名城留下了很深的印象。

钟维良与我有过一面之交的，2021 上半年我的好友谢卫东先生安排的一次长沙之行，让我们认识了。

2022 年 1 月，卫东兄对我说："这段时间，我们都清闲了很多，要不，你就来一次娄底吧，来看看湘中的美丽，听听曾国藩子孙的声音，而且可以写写钟维良先生。说实话，我不想你的乡下市井人物里遗漏一位优秀人物的。要不，你安排一下，看哪天来娄底合适，我们派车来接你。"就这样，我推掉了作协、诗协的年会，于 1 月 23 日去娄底采访。

车窗外的雨点敲打着车窗，我们经历了漫长的冬季，但毕竟离春天很近。几个小时的奔波后，我们一行终于抵达娄底市娄星区蛇形山镇越新村彭家村钟维良先生的家里，在钟先生家里享用了一顿富有湘中风味的中餐后，来到双峰县神龙大酒店。在稍作片刻休息后，我拿出采访本，开始了我的采访。

钟维良是娄底市娄星区蛇形山镇人，1962 年出生。高中毕业后，1981 年 10 月应征入伍，成为一名光荣的解放军战士。在部队这个大熔炉里磨炼 4 年后，1985 年退役。

回到家乡后，钟维良干起了老本行：做一个实实在在的农民。可是，到了 1986 年下半年，他考入双峰农校（中专），学到了很多科学种田的知识。两年后毕业，他如得水的鱼儿，一头扎进肥沃的土地。钟维良说他活得很踏实，春种秋收，当他把一株垂向土地的稻谷放入手心的时候，他觉得他才是土地的真正主人。

后来，钟维良去贵州红果煤矿工作，到 2014 年，终因抵制不了土地的诱惑又回到了生他养他的家乡。

钟维良说，他要做一头领头羊，面对这个日新月异的世界，他必须充实自己，带动一方群众走向小康生活。于是，他以充沛的精力进入双峰县电大就读，并于 2016 年以优异的成绩毕业。

钟维良不光是一位优秀的共产党员，而且还是一位致富能手。2015 年，他投资 155.8 万元，创办娄星区原粮种养专业合作社。该社占地 480 多亩，水稻种植 200 余亩（活水田种植双季稻），鱼塘 60 亩，玫瑰花种植 30 亩，果园 30 亩，油菜玉米 160 亩。他在水稻田里也投放了大量鱼苗。在他的合作社里，鸡奔走、鸭欢叫、鹅嘎嘎、狗跳跃……你如果有幸进入了钟维良的合作社，便会发现这里的勃勃生机。

目前，总投资 700 余万元的娄星区原粮种养专业合作社已初具规模，20 多位合作社员工在钟维良的率领下，向小康道路上迈步疾进。

钟维良没有惊天动地的誓言，他只是一个普通的农民。他不甘心于原始的耕作，利用自己的所学，把自己的合作社办得风生水起。

我仍在寻觅他的足迹，我认为没有写透他。一个人的路很长，长到无边无际。钟维良先生所走的路，无疑是更宽广的。

阳光少年

他说，他虽然是伍家洲的，但和大栗港相隔不远，小学和中学都是在大栗港完成的。后来，他去异乡务工，务工时喜欢写点东西，写得很杂，旧诗、新诗、散文，包括赋之类难写的文字，都会认真去尝试一下，而且写得竟然有模有样。

他叫彭金宇。

金宇告诉我他喜欢运动，对于划龙舟之类，可谓情有独钟。后来他外出了，家乡人仍然把他曾经的龙舟位置为他保留着。于是，每到端午节时，资江每一朵浪花里，必有他的呐喊。

2017 年夏，我市遭遇特大洪灾，在桃江县职业中专学校读高二的彭金宇，正逢假期在家，受洪灾影响不能返校，积极地投入到抗洪救灾工作中。6 月 30 日晚，他连夜组织部分青年协助村支委转移受灾群众。

30 日半夜，他同另一位青年在李家湾撤离时，一座老旧泥砖房屋突然倒塌。彭金宇说若再快半分钟两个人就葬身于此了。该住户是一位80多岁的老人，已被邻居提前安置撤离了。还没等两人缓过神来，便听到数百米外的爱国坝处有人呼喊，彭金宇同时接到洋泉湾村王壮支书的电话，让其迅速组织人员向爱国坝集结，原来有一户居民不愿意撤离，现需要强行撤离该户一家七口。

接到通知后，两人各执一片木桨迅速将船划向目的地，到达目的地后，发现水已漫过一楼门框，水深两米以上，其一家七口均在二楼避难。彭金宇跟所有同志一起历经近两小时才将楼内居民转移到安全地带。在转移过程中，一女人产生严重恐慌，不听从指挥落入水中，彭金宇用尽全力才将其拉到船上。由于船的重心过度偏离，船内已进了不少水，彭金宇说若不是旁边船的人反应快，一同用力踩住了即将翻了的小渔船，他也将落入洪水之中。

洪水逐渐退去时，郭家洲和接龙桥等邻近村庄的许多人与运送救灾物资的各界人士均需路过洋泉湾。因洋泉湾有上百米路段仍淹没在洪水之中，彭金宇便用一片龙舟桨划着一艘小渔船往返于洋泉湾广场，帮助路过此地的乡邻与带着物资的人渡过淹没在洪水中的路段。

彭金宇在此次洪灾中，一连奋战了两天两夜，休息几小时后便又投身到灾后重建工作之中，同许多群众一起清理道路上的淤泥，帮助群众搬抬家具。

彭金宇很有文字驾驭能力。他告诉我，2021年底，“彭氏问天门第”一门编纂《彭氏问天门第家谱》，族中长辈皆力荐他担任主编。在2022年春节期间，彭氏族人将他从广东东莞召回，共商修谱大业。

我本来约定了在春节期间和金宇喝几杯酒的。我是无酒不餐，但绝不喝醉。而他告诉我，在伍家洲一带，彭姓人都是豪饮的，他们在劳作之余，三五菜蔬，一壶谷酒，便足慰平生。

可惜，一场疫情阻碍了我们举杯把盏的机会。但我们可以宅在家里，在视频里互相祝福。

在我和彭金宇之间，根本不存在什么代沟之说。我们可以在洒满阳光的乡间小路上快步前行，因为我们共一轮明月，共一江资水，共一个驰名中外的家乡——美人窝桃花江。

遇见柳老师

我应该写写柳老师了。

柳老师用敏锐的目光发现来自大自然美丽的风景后，便熟练地举起相机，将美丽摄入镜头，然后告诉人们：生命中的美丽原来有这么多。

认识柳老师的过程很平淡，我们如两片清明茶叶浮于水里，忽然两片茶叶相互转身，便遇见了。

柳老师大名柳卫平，尽管是近 70 岁的人了，却如年轻人一样行走矫健。

我和柳老师是不常聊天的，有时，子夜了，发现他竟然还在网上，一问，他告诉我，他要把白天拍摄的照片整理制作，接着，给我发了几幅他拍摄的照片。于是，我将照片放在朋友圈，并配以文字。这也许是我和柳老师最初的合作吧。

2020 年 12 月，桃江县文联召开第三次文代会，作为作协代表，我有幸应邀参加了这次盛会。在县政府大楼前，所有代表齐聚在一起合影留念。柳老师是当仁不让的摄影师。无须人指点，我们彼此认出了对方。如果不是在这个严肃的场合，我们肯定会走出人群相拥的，柳老师也同样激动。中餐时分，我们利用休息时间，在他的巨幅照片下合影留念。

这次文代会，柳老师还是桃花江文艺终身奖的获得者，而获得此殊荣的全县仅 5 人。

后来，柳老师去海南了，避避寒冷，还可以拍摄海南的风景照片。

2021 年正月初八，我到了桃江县城。在网上，我几度问这位德高望重的艺术家回家乡的日子，回答说快了，这一快，竟然到了 3 月下旬。这时的桃花江，正风和日丽，万紫千红。

柳老师回来了，脸上带着真诚的微笑。在桃花江文化研究会的休息室里，我们促膝长谈，谈他的艺术生涯，谈以后的跋涉。

以后，我们互相珍惜着这份忘年交的情谊：在牛剑桥京湖湾，在三堂街宇华农庄，在修山舒塘，在县城林龙公司，留下了我们深深的足迹。以后，我们认识了郭小林、张梦南、赵新飞、赵稳军、龙元勋等一批优秀企业家，他们扎根在桃花江这片肥沃的土地上，种植希冀，收获丰硕成果！

柳老师还拥有很多崇拜者呢。他拍的照片制成相册发出后，他的崇拜者们便争相传阅。几天下来，竟然有几十万人点击。当我们去舒塘采访《羞女山下种田人》一文的主人公赵稳军时，这位 1977 年出生的中年人当众要跪下拜师。那份虔诚，亦会让铁石人感动得泪下。

身怀精湛的技艺，柳卫平老师自然是桃李满天下。

那一枚枚新绽的叶、那一朵朵带露的花，那远的天空、近的溪水……它们如同活泼的生命，争相涌进柳老师的镜头里。

为了拍摄罗溪瀑布那美丽的落差，柳老师曾几度去高桥。在道路较平稳的地方，他坐着朋友们的摩托车艰难前行，遇着路况不好的地方，干脆选择步行。一路上，年逾花甲的柳卫平经过了多少艰辛，只有他自己知道。

在我们同去采访的日子里，柳老师是不抽烟、不喝酒的。而我则是杯中之物的酷爱者。他曾几度劝诫，当时，我也曾点头承诺，但一见到酒，便会得意忘形。每到此时，他只是长长地叹了口气，一副恨铁不成钢的样子。

柳老敬业，他天天开着车，到处奔波，有时停车跳下，将自己认为最满意的风景摄入镜头。走走停停，一天就这样过去了。或者，趁着夜色回家，洗漱完，顾不上休息，将照片整理，忙至子夜，才安然入睡。

每一个令人记忆深刻的遇见，必有一个感人的故事发生。而那些难以忘怀的故事里，记载着柳老的敬业、善良、务实、勤奋。

邻居刘小平

她叫刘小平，娘家住本镇黄龙嘴，不远，20来里路程吧。其丈夫姓张，大名建辉。记得他们结婚时，木质结构的房屋门楣上贴满了红彤彤的对联。那时，我尚在求学阶段，受新三爹、翰二爹等前辈影响，对对联很感兴趣。大家一窝蜂去讨香烟喝擂茶，我却去看对联。记得有一副嵌字联很奇葩：小事大搞建造新人，平风息浪洞房花烛。我怎么读也读不懂，婚姻大事是“小事大搞”吗？怎么能“平风息浪”呢？“建造新人”与“洞房花烛”也对不上啊。再看，上下联16个字，除了嵌进了“小平”的名字，其他的一毛钱关系也没有。我哑然失笑，忽然大悟：结婚要贴对联，远远望去，“红彤彤”的便行了，写的人应付，看的人何苦去研究？

刘小平的笑声很爽朗，一串哈哈过去，便可见其性情。她可以无拘无束地坐在人群里面说笑，从不计较别人的眼色。

刘小平做人妇后，很快便做人母了。初生女，名霞；次生子，名勇。勇喜静，不喜动，甚至好长时间不说话。刘小平很急：这孩子该不是哑巴吧，哑肯定聋，但听觉很好啊。对于儿子长时间沉默，当娘的忧心如焚，甚至在某一天，公开告人：如果有人能让张勇叫她一声妈妈，可给100元以示奖励。有人劝曰：这孩子听觉好，开口说话只是时间问题。果然，没过多久，张勇便开始叫妈妈了，字正腔圆，有说有笑了。刘小平一听再听，终于喜极而泣。

邻里之间，刘小平很喜欢热心助人。五黄六月，突然下雨了，她把饭碗一丢，急奔雨中，帮东家收衣，帮西家收谷，末了，一身潮湿回家，饭是自然吃不下了，换衣服，洗个澡。乡下人的六月，很忙呢。

我的父亲在39岁那年便双目失明了。老人寂寞，也很自卑，但庶吉堂人从没有对他歧视过。刘小平一家是不喝酒的，但如果家里有什么荤腥或新鲜蔬菜之类，便会打一份送过来，让父亲享受一份邻里之间的情谊。

邻里之间的感情是真挚的，我们可以相互帮忙搞“双抢”，亦可以一起去砍柴挖土。田野里的欢声笑语来自不同家庭的人。

刘小平说，她又要去深圳了，去照顾一位老人，一个月有六千块呢，反正在家闲着也是闲着。刘小平很幸福，50 余岁，风韵犹存，儿女事业有成，夫妻感情和睦。

好久没见刘小平了，但我可以用我的笔，隔千里之遥，向她问候：刘小平，别来无恙！

郭主席，还认识我吗？

2022 年 5 月 29 日，在县委宣传部主办的桃江县文学创作座谈会上，我欣喜地见到了郭辉。30 余年过去了，年龄比我大十来岁的他仍然那样年轻。

郭主席，还认识我吗？

在桃江县新华书店，两双阔别了 30 余年的手紧紧地握在一起。

1988 年，我开始往桃江县文化馆跑。那时，桃江县唯一的纯文学杂志《桃花江》是由莫应丰题写刊名，由桃江县文化馆主编的。符汇河馆长退休后，新任馆长便是郭辉。这一年，我才 22 岁，对文学很是痴迷，如果到了文化馆，会去翻看里面的报刊，而且一旦翻看便会忘却尘世间的一切。

那天中午，文化馆文学专干胡统安老师要我到邮电巷他家去吃饭。我们照例是每人一杯三两的酒。在胡老师面前，我是不必拘束的。一般情况，胡老师只准我喝一杯，可在那一天，他却破例为我多斟了半杯，一边喝着，一边感慨地说：“你要多向郭馆长学习啊，你看他的诗，写得多好。”

那天下午，我见到了同样阔别了 30 余年的曾雨辉。他对我说："你们那时办的《资江诗报》，我还收藏着呢。"

那是1989年吧，我们几个热血文学青年，竟然不知天高地厚地自筹资金办起一张具有资江风格的报纸，命名为《资江诗报》，而且得到了郭馆长的支持。没多久，《资江诗报》创刊会在板溪舒家庵顺利召开。

同年，郭馆长的诗集《美人窝风情》正式出版发行。有一天上午，我刚到文化馆，在馆里工作的吴健刚拿着一沓郭馆长的书，要我在文学爱好者圈子里销一下。

到现在，我仍记得那本诗集的定价是两块七毛一分。也正是这本《美人窝风情》，让我真正认识了诗歌，而且在那个时候，我开始了诗歌创作。

后来，郭馆长到了益阳文联工作，成了郭主席。而我也因为生计，奔波在南国边陲。在异乡，我几度打听郭主席的下落，便知道他退休了，前往加拿大了。到2015年，我终于加了郭主席的微信，当郭主席在确认的那一瞬间，我几乎是急不可待地问："郭主席，还认识我吗？"

郭主席，还认识我吗？还认识那个年仅20余岁、身材单薄、蓄着长发、对文字倾慕的年轻人吗？时隔30余年后，身体臃肿、满头华发的我，仍然记得《美人窝风情》里面的几句诗：

信不信
远远远远的山坡上
有一朵蘑菇
朦朦胧胧撑到了今天

桂 哥

我记得那一年是羊年，我对桂哥说：“羊是温驯的动物，实在忍无可忍的时候，也只是用角去抵你几下，不痛的。就这样，你可以和任意一头羊一直和平共处。”

桂哥叫彭桂荣，三堂街镇龙牙坪人。尽管他比我小一岁多，但并不妨碍我叫他桂哥。叫者认真，答应者也亦认真，仿佛真的是“哥”似的。在闲时，我可以沿一条羊肠小道，去他那里喝酒。

我第一次和属羊的桂哥见面是20世纪80年代末。那时，他主宰着三堂街镇的文化市场，我在县城办了一份《资江诗报》。那个时候的联系方式基本是写信或者去他家。诗报刚办，没稿源，我就骑着一辆单车去桃江40多个乡镇约稿。也就是在那么一个金秋，我到了三堂街，记得见到桂哥时的第一印象是：他很瘦，脸很白皙。我们说话不多，例行公事般，他以文化站的名义开了一封介绍信，证明我真的是《资江诗报》的主编。你问我答，十来句话吧，就完事了。

后来，我到了汉寿，邂逅了在汉寿交警队工作的聂神佑。神佑是我们的共同好友，我问他：“你还记得彭桂荣吗?”聂一脸愤怒：“怎么不知道呢？我们一直联系着呢，他现在在三堂街派出所呢，户籍警。”临了，聂神佑把桂哥的电话号码给我后，便忙着指挥交通去了。

我和桂哥终于没能见上面。

一晃到了 2008 年 5 月，那时，我的小女儿朵儿在母腹中已初具雏形，因为母腹渐渐膨大，便打电话请桂哥买一套孕装送去，桂哥去了，还慷慨地搭了一箱牛奶。没过多久，我要补办身份证了，便打电话给桂哥，然后抽空到了乡下。在鲊埠，我和桂哥终于再度见面。相隔了 20 多年的握手让我们很兴奋。在鲊埠派出所把身份证办好后，我们坐在我娘安排的饭桌前，喝着酒，吃着鸡，到这时，我才发现桂哥真的变了：头顶成了不毛地，熠熠闪光，腰也变粗了；只是声音没变，依然那么洪亮。我们喝酒，聊过去。

2009 年，我们再度在马迹塘电站相聚，在桂哥的大哥家里，一大锅武潭鱼，让我第一次品尝了来自资水的美味。临窗远眺，夜空下的资江很是美丽，竹影婆娑，小舟破浪，一盏盏渔火闪闪，一缕缕细风轻吹。“龙拱夜渔”是资江十景之一啊！在这儿，我可以秉一烛，举一杯，和桂哥彻夜长谈！

我从来没有存过桂哥的电话，那 11 个阿拉伯数字在我脑海里已深深铭刻。我喜欢有事没事打他的电话，问问他酒柜里有什么，或者腊肉还有吗？天南也好，地北也罢，没在一起的日子里，我们可以隔着一个五寸屏幕的手机，感受彼此内心的欢跳……

我似乎没见桂哥笑过，我喜欢插科打诨，他总是未置可否，无喜亦无悲。

2019 年 7 月底，我到了马鞭溪和龙牙坪，几个月不见，第一感觉桂哥瘦了，那个大肚子也不见了，问其原因，说：吃素。他可是坚持了一年多才瘦下来的。忽然心动，于是乎，从 8 月 1 日开始，我决定素食，一个多月过去，竟然瘦了 6 斤。

眼下，桂哥退休了，和亲家喂着一群牛，从容走进了大自然，侧舟听牛铃，闲时闻松吼，未见牛背短笛，却能放牧心情，远离了仕途，倒博了个心情舒畅！

赚几块辛苦钱，喝一杯金樱子酒，肉干脆不吃，如遇生日、节日之类，女儿女婿带外孙来到家，享受天伦之乐，倒也快活逍遥！

2017 年，我在桃江县城住了一年，那时我们相隔不远，喝酒的机会比以前便多了些。下半年，我到了中医院。有一天中午，我自己炒了几个菜，认为很下酒的那种菜，酒是苦荞酒，打电话给桂哥，桂哥应声而来。没桌子，我们站立在窗口边喝。杯子是一次性的，很薄，斟酒前必须用手护着，稍有一点风，酒杯便会吹得无影无踪。

我和桂哥之间从没客套过，两人一直淡淡地交往，彼此珍惜着 30 多年真挚的友谊。我们可以通过网络或电话传递彼此的信息，在平淡中走过或崎岖或平坦的路。如果有一天，我们在酒中再度找到自己的影子，忽然发现：频生的白发竟然让深秋的资水多了几许涟漪。而龙牙寺的钟声依然在三堂街上空回响。

深秋，我小心翼翼地收藏着一个个关于遇见的故事，然后，深深地镌刻在记忆深处。我知道我们生活在这个世界，需要太多的友谊。

每年的农历八月二十三日，是桂哥的生日，我一直记得。

李忠宝

一直感觉有件事长期压在心头，我想到了我神交很久的鲊埠文化站辅导员李忠宝老师。

宗保？猛一听，似乎回到了北宋年代，金戈铁马气吞山河啊！一杆枪，红樱抖抖，寒光闪闪，谁知杨宗保的年代过去了，鲊埠进入了一个崭新的文化春天。于是，1964 年出生的李忠宝，在 1986 年出任乡文化站站长。

文化站是一个清水衙门，整天和一些枯燥的文字打交道。李老师当然不会寂寞，于是他网罗了一些当地的文学青年，一起写诗、写小说……积极参加县以上的文学赛事。在他们不懈的努力下，作者们多次在县市以上的文艺作品大赛中获奖。至于获奖等级，笔者曾几度询问，可忠宝以不足挂齿之类的话轻轻掩过，然后是一阵豪爽的哈哈大笑。

忠宝为人谦恭，好学上进。他总觉得艺无止境，积极参加各级专业技能培训，不断提高业务工作能力。他于 1988 年参加成人高考，考入湘潭大学图书馆情报专业，通过 3 年的函授学习，于 1991 年 6 月取得湘潭大学专科学历，并于 2007 年获得群众文化馆馆员职称。

从担任文化辅导员、文学专干到现在的文化站站长，前后 30 余年的时间，忠宝一直在原单位工作。乡村文化站工资低、待遇差，尤其在当前经济建设的热潮中，文化工作更是一个费力不讨好的苦差事。忠宝满脑子想的都是偏僻山区的群众，因为他们精神文化生活太匮乏。在忠宝的积极努力下，从 1986 年开始，鲊埠先后建立了农村影剧院、图书馆、文化活动中心等，为丰富鲊埠 3 万多群众的精神生活提供了良好的平台，并且，投资近 60 万元的乡综合文化楼已于 2011 年 4 月竣工并投入使用。

为了丰富群众文化生活，李老师每年都要组织群众及有关部门开展大小不一的文艺活动。2009 年，为了庆祝中华人民共和国成立60周年，参加县组织的国庆文艺汇演，乡文化站举办了近百人参加的传统武术、歌舞和传统民俗文化——三棒鼓传统艺术培训班，由鲊埠武术家和在校音乐专业的大学生担任指导老师，排练的节目有传统武术组合、歌舞《家多美》以及快板、诗歌朗诵等。参选的节目获得了省、县国庆汇演优秀奖。

在30余年乡村文化工作中，李老师告诉笔者，他也曾想过退缩，想过改行或调动，但他看到群众那一双双饱含热泪、深情的眼睛，看到群众对精神文化生活的迫切需要，他坚持留了下来，而且一干就是30多年。

2007年10月27日，忠宝在随领导下基层检查文化市场工作的途中，遭遇意外，不幸右腿骨折，造成九级伤残，但他仍坚持拄着拐杖，继续在文化站这一清水衙门奔波，并长期忍受右腿行动不便带来的痛苦，忘我地工作，默默地奉献着。

有耕耘必有收获，辛勤的汗水换来了沉甸甸的丰收。

1990年12月，李忠宝被桃江县文物管理委员会评为1990年度群众文化工作先进个人；1991年3月，被桃江县文化局评为1990年度群众文化工作先进个人；1992年3月14日，被桃江县文化局授予记功；1993年3月17日，被桃江县文化局评为1992年度农村文化工作先进工作者……

一连串枯燥的数字，一行行坚实的脚印，这时的鲊埠已是深冬，但文化生活的春天已提前来了，告诉忠宝：李老师，你是最棒的!

有一天，我忘情地走进鲊埠这块热土时，忠宝正热情地走近我，这时，春天枝头上的花蕾已悄悄绽开了第一片花瓣……

龙行千里

好多年了，我一直在苦苦寻找一位叫温世龙的兄弟，或东南，或西北，人托人、面托面。

我想到了一座叫作惠州的城市。

那一年，我25岁，在这座城市的一个名叫三新花艺实业公司做工，用自己的体力博取生存，午餐或晚餐便去公司外面的商店里买些米酒安慰自己枯瘦的肠胃。那时，温世龙就在那家店里帮忙。每逢他在，我会耍小聪明，只要两毛钱的酒。他呢，会给我三两甚至半斤。我们就这样心照不宣地挖惠州小店主的墙脚。如果某天他不在店里，我就只能买两三毛的酒，就着公司里有盐没油水的菜喝着。

日子就这样平平淡淡地过着，所谓的前途无非是能吃饱饭生存下去。有一天，我再度去喝凉白开一样的米酒时，突然大跌眼镜：世龙已不在这里了。

后来，我回到了生我养我的家乡，为了生存，我奔波在阡陌纵横的土地上。

朋友，你认识筑金坝的温世龙吗？或者，我可以沿着人为的指引方向，走进一个村庄，这时，沿途的风景如春天般温暖，风熏来柳未暗花亦明，而时隐时现的农家小楼能够证实在这里居住的人丰衣足食！

心开始怦跳，手足无措，炊烟升起的乡下别墅里，温世龙笑吟吟地迎出门外，紧握我手。

我们就着猪心肺喝乡下谷酒，我们聊文字，聊对联。

我们连夜创办诗社，起草广告文字，我们互相祝贺。

多少年以后，那个胎死腹中的诗社是我们的肥皂泡。我们该用什么方式祭奠逝去的青春？直到有一天，我惊奇地发现：世龙，我们又有 20 多年没见面了！

再度见过温世龙时，是 2021 年的春天。我下了车，他迎上来，两双农民的手同时伸出来，然后紧紧握住。

我们真诚地望着对方，温世龙，我们的黑头发呢？我们的青春呢？

找回一个发生在青年时代的梦，我浅浅的脚步已印进深深的岁月，君在粤，我在湘，但可以共沐一轮明月，同享一轮旭日。

世龙，几时啊，把酒话桑麻，泛舟于资水！

符江涛

早餐后，来了一个电话，我一接听，是一位年轻人打来的。

年轻人叫符江涛，羞女山下莲盆咀人。我们加好友的时间不算太短，但令人遗憾的是，一直是只闻其声、未见其人。而他住省城长沙，和家乡美人窝不过是几百里之遥，一天一个来回，绰绰有余。

我叫他符老师，他很谦虚地让我叫他无忌。

无忌住在羞女山下，著名的资江从其脚边缓缓流过。夜枕羞女，夜听江涛，对待市井俗声、街巷笑语，自然是无忌地一笑，作莞尔状。如静心，便可伏案，写一篇洋洋洒洒的随笔，以记载自己的偶拾。

2021年4月10日，卫东兄邀我去长沙会面。于是，我搭车冒雨来到省城，和卫东兄一番寒暄，吃过晚餐后，住在天龙大酒店。

于是，我打无忌的电话，无忌说他离我住的地方并不远，六七里路而已。他现在来酒店接我，说带我一起去吃烧烤。

外面很冷，雨仍在不紧不慢地下着。这个时候，把窗关了，煮一壶新茶，写几行文字，然后，海阔天空地聊，岂不快哉！

可是，我谢绝了无忌的邀请。这个时候，让他几经辗转来酒店，两人再去吃烧烤，再喝个酩酊大醉，何苦？而且，第二天，无忌还要去上班呢。

我们就这样让一次遇见人为地擦肩而过。

我们网聊极少，一个淡淡的点头，一个浅浅的微笑，便足慰平生。

我试图在梦中找到清晰的无忌，但总是不能。他在长沙，为了自己的事业到处奔波。我知道，无忌活得很充实，他可以风尘仆仆地回家后，用文字记载他的生活。

有一天，我从无忌的朋友圈里知道他回到了家乡的消息，高兴之余，便在第一时间和他联系。可是，无忌很遗憾地告诉我，他只是回来一趟，明天上午又要回去的。最后，他安慰我：下次好吗？下次一定见啊。

下次？我想到了很多下次的遇见。

无忌，我们不喝酒，我们可喝茶。煮一壶，置于羞女山下，袅袅茶香中，有资水流淌，有舒塘在望，有宿鸟呢喃，有明月如镜。如果轻轻抿上一口，顿觉人生快乐就在今宵。

无忌，江涛如语，竹杖迎月，愿君归时，置一榻、卧一室、唱一歌……

曹奇才

20年前，我认识了一位名叫曹奇才的兄弟。那时，我和他没有过多交往，但我知道他一直爱好文学，总会说与众不同的语言吸引更多人的关注，让聆听者刮目。

后来，我离开了家乡，但我一直惦记着家乡。

我想到了很多肝胆相照的好兄弟。我忽然发现，我应该以集聚的名义，把走散的他们安放在我的思念里，因为兄弟本来就是一个义气相投的名词。

于是，我的《兄弟说》里，便有了众多的声音，他们纷纷围拢，大声地笑道，仍然用昔日的语言告诉我……

在朱家村，我找到了曹奇才。

这时，朱家村早已被农业部授予了“中国美丽休闲乡村”称号。从家乡的照片里，我发现了朱家村与众不同的美丽：清亮的朱溪、雅居的小筑、雄伟的大山、开阔的沃野。

奇才说：“你回家看看啊，朱家村变了，大栗港变了，我们的家乡正在一日千里地腾飞呢。”

奇才说：“几年前，我为了歌颂家乡，创办了大栗港奇才文艺汇演服务中心。2017年，我自己作词作曲的《秀丽朱溪，我的家乡》由著名歌唱家陈梨梨首唱后，获得了空前的反响，也使朱家村成为全省第一个拥有村歌的乡村。”

然后，奇才便义无反顾地放歌了，他带领文艺汇演队伍，活跃于田间地头，为千家万户送上喜悦。奇才说：“我是朱家村人，有幸生活在这个大家庭里，应该为我们美丽的朱溪增加一份秀丽。”

如果有一天，你在朱家村踏歌而行时，便会听到《秀丽朱溪我的家乡》正响在天际。但见石关山下，游人如织；横板桥前，行人侧耳。我们在美丽的休闲乡村里，聆听一曲来自家乡的天籁之音。

李江富，我仍然叫你“小绵羊”

永远记得一个贵州籍的男孩子，人很清瘦，一副眼镜让他显得很有书卷气，头发刻意地蓄着，披肩，两根很细的小辫子从耳朵边垂下。他叫我萧叔，但大多时间叫我萧老师。我一直叫他“小绵羊”（他最初的QQ昵称）。多少年了，这称呼一直没有改变，也从来没想到去改变。

“小绵羊”的普通话很“标准”，当然，是我能够听懂的那种标准。他常把“阳光”读成“阳瓜”，我纠正了他数次，他却仍然用无辜的眼睛茫然望着我，然后摆弄着他的相机，把目光移到另外一个方向。

我们在一起静静地喝酒，他啤酒我白酒，然后谈我们各自的家乡。

有一天，小绵羊从常德来到汉寿，告诉我，他要给我拍一个小型影视作品。然后，从一部沉重的铁板车开始，从汉寿到桃江，艰难的生存状态在他的镜头下出现。两天一夜的时间，我如往常一样，为生活奔波。

我的诗集《认识岁月》出版后，在常德市求学的小绵羊专程来到汉寿，为我义卖诗集，然后，再度来汉寿把书款送到我的手里……

一个“90后”的苗族男孩就这样在求学途中默默地帮助他人。

时隔几年了，我仍记得小绵羊来汉寿的情景：举着摄像机认真地拍摄，和人沟通时说如我一样不标准的普通话，斯文地喝酒，认真看我写的诗，提着一大袋书。我送他到圆盘路，一个人默默地乘车离去。

很想念那一种顺其自然的生活，在不大的租房里，几个简单的菜，几瓶廉价的啤酒，我们可以喝出生活的艰辛与生存的不易，我们可以让吐出的烟圈缭绕在屋顶，然后彼此碰杯多次后，剩下的便是真诚的一笑。

小绵羊，还记得那个叫朵朵的小女孩吗？“欢迎小绵羊哥哥”那几个充满稚气的字，也许是她最初的文字作品。5年后的今天，我拿江富刚发来的照片问小女儿：“还认识他吗？”

“小绵羊哥哥。”女儿毫不犹豫地回答。

就这样把一个年轻的男孩子深刻于记忆中，小绵羊，记得来时的路，别忘了归时的门啊。

一个老村医的故事

“萧老师，我想告诉你一个老赤脚医生的故事，愿意听吗？”2017年5月的一天，一个名叫四月熙儿的微信好友在网上问我。

“一顶草帽两脚泥，背着药箱去下地，风里来，雨里去，赤脚医生好阿姨。”忽然想起了当时教科书上这首类似顺口溜的诗。

四月熙儿大名张冬辉，她告诉我：她推荐的赤脚医生是她的公公。

他叫熊志明，1943 年 9 月出生，今年已经 76 岁了。他有两女一子，儿子是过继来的。1956 年，被推荐当赤脚医生，师从栗山河卫生院张立先医生，两年出师，1958 年在栗山河村任赤脚医生。

熊医生兄弟姐妹四人，他是老三。其父是佃户出身，属正宗的贫农阶级。在兄弟姐妹中，他读书最多，初中毕业，那时可是高学历呢。后来，他家从毛羊坪迁到栗山河村。

那时的赤脚医生很辛苦，20 世纪 60 年代，要自己采制草药。到了 20 世纪 80 年代，实行农村合作医疗，费用由村里负责，村民参与，凭单免费吃药。这时的赤脚医生更加辛苦了，要经常出外寻找草药，挖回，晒干炮制。熊医生从栗山河，到大栗港、鲊埠、三堂街等地往返奔波。关于这位德高望重的老医生的事迹，由方圆数十里的村民们说出来，那真的是感人至深。

他叫张忠良，老桥埠组的，有一日，高烧，没钱去医院治疗。熊医生诊断为出血热。尽管熊医生家境清贫，但不能见死不救啊，他先想办法控制病情发展，然后自己掏出钱来，护送张忠良去桃江县人民医院。

熊医生从 1958 年任赤脚医生，一直干到 1994 年，由于身体原因，从村医的岗位上退了下来。从此，他在家做些较为轻松的农活，还为村民们治病。给老人看病都是用中草药，往往几块钱便能治好一些疑难杂症。

邻居的儿子张兵，出生仅 3 天，重症肺炎导致昏迷，连脉搏也无法测到。当时，家里人已作了最坏的打算，而且，邻居重病吐血也在接受治疗。

当熊医生急急赶到时，婴儿已经放在地上了。他忙用一根鸡毛探测张兵的呼吸，发现还有微弱的气息。于是，他急忙让围观者走开，然后用针尖点了三点药到张兵嘴里，没多久，听到了轻微的哭声，婴儿竟然睁开了眼睛……那天晚上，熊医生彻夜未眠，用热毛巾蘸药水不停地涂抹婴儿全身。

为了感谢熊医生的救命之恩，邻居一家人郑重地到熊医生家中致谢，并让医生夫妇收婴儿为义子。

熊医生在村上做赤脚医生 30 多年，工作出色。他有几次走出农村到乡、县医院工作的机会，因为村委会和乡邻们的挽留，他最终选择了留下。这么多年，熊家一直清贫，但熊医生为人慈善，忠厚待人。2011 年，熊家在修建房子时，儿女们从他抽屉里发现了一沓账单，大都是乡邻们的欠条。有的患者因为家境贫困，无奈地只好赊药记账。熊医生从没有想到过上门要账。

2003 年，年已 60 岁的熊医生在抗击非典的战役中，不顾自身安危，天天奔波在一线。因为年纪大了，加上过于疲惫，他在一次出诊途中摔成脑震荡，导致听力下降，记性也相应差了许多。那一年，当时的镇党委书记熊伟在抗击非典的表彰大会上，宣布熊医生荣立三等功，并在大会上表扬熊医生忠厚、踏实、肯干、耐劳，号召人们向他学习！

2015 年，国家给老年乡村医生发放生活补贴。有的村医向组织争取更多的照顾，但熊医生没有这样做。他认为以前的苦日子都熬过来了，现在政府也没有忘记赤脚医生的辛勤付出，不要在乎钱多钱少，安享晚年就好。他的这一想法得到了村医们的认同。

在我的朋友圈里，桃江县政协委员詹显姣告诉笔者：她小时候去熊医生家看病，每次都是八毛钱药费，每次都是药到病除。

一个乡村医生，行走在乡间小路上，他用自己的行动，悬壶济世，治病救人，用乡下人的淳朴和本能的善良，谱写了一曲震撼人心的生命赞歌！

志者坚韧不拔，明公济世有方。

时序已到初夏，透过湍急的资水，我们仍然可以看到：在栗山河这片土地上，这位 76 岁的老医生，仍然执着地在杏林行走着！

舍身救火

晓安去了马迹塘镇益阳仑后，别说见面，电话联系的次数也少了很多，并不是我们的友谊淡了，而是他太忙。有时候到了子夜，他才有空同我聊天。他告诉我，他一定要在新的地方干一番事业，这样活着才有意义。

中午，我和一位文学界的朋友喝酒，推杯换盏之际，和他说起晓安，朋友立马兴奋起来："钟晓安？他是退役军人，在部队立过功，在桃江救过人，好人。"说着说着，他用眼角乜我一眼说，"我看过你写他的文章呢，不过，你写的事迹只是冰山一角，我可以说他的事迹，很感人啊。"

我们都兴奋起来，他拥有了一位真实的听众，我又有了写作素材，吃今天这餐饭有收获。我反客为主，为他斟了满满一杯酒，然后正襟危坐，洗耳恭听。

2020年3月26日晚上7点多钟，在桃江县城金凤小区一栋五层居民楼的地下车库，一辆小车发生自燃，那时，浓烟滚滚，热浪逼人。那黑色的烟雾在华灯初上的夜晚可怕地弥漫着，难闻的气息让人窒息。

这栋居民楼有200多户住户，一层外墙网线、电线、天然气管道等各种生活设施裸露在户外，一旦汽车的油箱发生爆炸，后果不堪设想。这时，车主和周边的群众都闻讯赶来了，不少人拨打了“119”火警电话，焦急地等待着消防车。

就在这危急时刻，路过这里的钟晓安没有丝毫犹豫，马上找来2个灭火器快速跑过去，熟练地拉开保险梢，冒着浓烟冲进车库，扑向熊熊烈火……20分钟后消防车赶到，余火被彻底扑灭，小区的损失也降到了最低。这时，钟晓安悄悄地离开了现场。

事后，车主经过多方打听，才找到了晓安，他以各种形式感谢他，均被晓安婉拒。后来，车主向晓安所在的单位退役军人事务局送了一面“见义勇为，舍身救火”的锦旗，以示最真挚的谢意。

很多人问钟晓安：“地下室这么狭小，万一小车发生爆炸怎么办?”钟晓安笑了：“那个时候，谁还会想这么多？当时的心里只有一个念头，救火要紧，救人要紧!”

2020年7月9日，湖南省退役军人事务厅微信公众号以《湖南益阳：救火勇士不留名，感恩锦旗送上门》为题，报道了钟晓安不顾个人安危，救火不留名的感人事迹。“学习强国”平台也在“基层人物”栏目以《钟晓安：晓民生冷暖，安万家幸福》为题，报道了他的事迹。

在遇见中捡拾的故事，在几年前的那个春天感动了一个城市。当钟晓安抱着灭火器冲进浓烟中的时候，他心里只有一个念头：救人要紧，救火要紧！至于自身的安危，他早已置之度外了。

救火是一种本能，正是因为这种本能，才让钟晓安的人生充满正能量。我们这个时代呼唤众多的钟晓安，因为我们需要众多的钟晓安。

血溅三湘

我应该写写熊亨翰烈士了。

2021 年 2 月 21 日，在一个倒春寒的日子里，我从县城乘车到大栗港镇五羊坪村，在五羊坪村党支部书记熊海榆的安排下，我见到了烈士的侄孙熊农收先生。

在熊农收家里，我告诉他我这次来，想挖掘烈士一些鲜为人知的事迹。尽管亨翰烈士慷慨就义近百年了，他的事迹一直激励着一代又一代人砥砺前行。

在熊农收的介绍下，我认识了烈士的两位近亲熊铁牛、熊立海。熊铁牛虽然只有 50 来岁，但他和烈士平辈——亨字辈。他告诉我，他是烈士几度迁墓的见证人。

铁牛告诉笔者：记得在第一次迁墓时，他发现烈士的颈椎处有两根长长的铁钉，斜插于森森白骨处，其状惨不忍睹。这时，我们可以想象到在行刑时，国民党反动派因为迷信心理作祟，欲让烈士的英灵不得复生，用极其残忍的手段将铁钉强行钉入。

在五羊坪小学前面，我们拜谒了烈士的坟墓。烈士和夫人詹石兰合葬的墓前，立着由其子熊科卓立的石碑。墓后的大石碑镌刻着苍劲有力的“熊亨翰烈士之墓”7个大字，让人肃然起敬。碑的两侧，有“发轫忆当年，洞庭月，汉口风，长剑走天涯，功垂九域春如海；举头思志士，睢阳齿，常山舌，丹心昭宇内，血溅三湘鬼亦雄”的挽联。

熊立海向笔者提供了烈士老屋地基的方位，昔日炊烟袅袅、书声琅琅的房屋已经没有了，只剩下满地的油菜花在阳光下恣意生长。我们在春天寻找烈士的足迹，我们在家乡祭奠烈士的英灵。

熊亨翰，字骥才（1894—1928）。早年参加辛亥革命，1926年加入中国共产党。大革命时期曾担任国民党在湖南省党部执行委员会常委兼青年部长，《湖南通俗日报》社长，湖南人民反英讨吴委员会的负责人之一。1928年11月7日被国民党反动派逮捕，28日英勇就义。

十余载劳苦奔波，秉春秋笔，执教士鞭，仗剑从军，矢忠护党，有志未能伸，此生空热心中血。

一家人悲伤哭泣，求父母恕，劝兄弟忍，温语慰妻，负荷嘱子，含冤终可白，再世当为天下雄。

这是烈士在狱中写下的自挽联，在时隔近百年后，我们再度捧读，仍有一种热血沸腾、泪流满面的感觉。

好一个“再世当为天下雄”！

在熊立海家里，我翻看了熊氏家族的族谱，找到了烈士的名字。在长达五页的谱里，我们知道了烈士在他人生短短的30余年里，在走一条怎样的路，而且这条路是怎么走的。

在烈士的遗书里，亨翰对自己“余生未报父母养育之恩，死又增父母西河之痛”深感自责，但坚信自己所走的路是正确的。他告诉自己的亲人，他的死“非匪非盗，非淫非拐，非杀人放火，非贪赃枉法”，是“为国家社会，为工农群众，含冤负屈而死”，坚信“公道未泯，终可昭雪”；并告诫家人，要“团结精神，力图振奋”，如果“聪秀子弟可读则公同送读”，这样，“颓风可挽，家声不坠”。

在痛彻心扉的遗书中，烈士交代妻子：“儿辈须严加管束，切勿因余之死而溺爱之，以致堕落。”他需要他的后代、他的家人，能够踏着他的血迹走下去，让一个崭新的中华民族，屹立于世界之林。

在遗书的最后，烈士告诉他的爱妻，关于他的后事安排，可以“向杏农、光毓处借钱，免强（勉）强了事”，并且“一切均需从薄”，强调自己的忠骨“得附先人坟墓足矣”。

已附先人坟墓的烈士，就这样在五羊坪这块生他养他的沃土里安静地睡着，但他的精神永远激励着一代又一代人奋勇前行。

熊亨翰烈士是不朽的。

梅芝姐姐

她叫詹梅芝，是猫哥的爱人，但我不叫她猫嫂，叫她姐姐。20多年前是这么称呼的，20多年后，仍然这么称呼。时过境迁，一声姐的称呼较之以前，更为亲切。

我们拥有一个共同的亲人，便是我的舅舅，也是我“乡下市井人物”系列里的大舅舅。梅芝姐叫其姨父，也就是说，我舅妈和梅芝姐的妈妈是亲姐妹。于是，我应该叫梅芝姐表姐。

20世纪90年代，我在卢家村猫哥家断断续续地住过一段时间。那时，从没见过屋里的女主人，问猫哥，猫哥轻描淡写地说一句："去益阳打工去了。"也许我回大栗港时，梅芝姐回来过，反正是错过了，心里虽有遗憾，但相信今后可以遇到的。

机遇总是在人漫不经心的时候来临。

离开碑矶后一年左右，我到了长沙扫把塘，尽管有节假日，但因离家里太远，有时回，有时没回。

有一次，我是周六下午回的，刚到家不久，邻居说来客人了，忙出门迎接，一看，竟然是猫哥带着一个女人正满面春风地向我走来。

梅芝姐！我绝对不是蒙的，一种来自亲情的直觉，让我情不自禁地走上前，紧紧地握住她的手，然后，哈哈大笑起来。

这是我和梅芝姐的第一次见面，以后，为了生计，我们便各奔东西。直到20多年后的今天，当再度把那根断了的线接上时，我们都是50多岁的人了。

于是，我们视频聊天，忽然发现：猫哥老了许多，而梅芝姐变化不大。他们真诚地笑着，仿佛随时可以从手机屏幕里走出来，如20多年前的相遇。

猫哥几度告诉我：他妻子是勤劳孝顺的，嫁到碑矶时，还没20岁。后来，他们便有了两个儿子。为了这个家庭，猫哥便去益阳工地做事，只要有一点空闲，便去工地捡些废品卖掉，来维持自己的开销，工资一分不用地存起来，寄回家里。

大儿子一飞也哽咽地告诉我：在工地上，六月酷暑，人家送妈妈一个蛋筒，妈妈都舍不得吃，忙卖给冷饮店。

以后的日子里，卢家先后遭遇了不幸，猫哥的两个弟弟，一个死于溺水，一个死于高空作业。因为他们都未娶亲，都是梅芝姐拿钱办丧事。后来，公公寿终正寝，也是由梅芝姐拿钱料理后事。2018 年正月，94 岁的婆婆去世，才是两个孙子安排的后事。

婆媳之间，不可避免有些小矛盾。梅芝姐常常在委屈之余，小心翼翼地忍受着，她先从自己身上找缺点，企图把老人照顾得更加周到。她知道，婆婆年纪大了，又经历了两个儿子的夭折之痛。有时，在悲痛之余，婆婆便会变得有些不近情理，梅芝姐好言好语劝婆婆想开些。后来，老人生活不能自理，也是这位儿媳，喂饭送茶，给她洗澡洗衣……让老人干干净净地离开。

梅芝姐的两个儿子长大后，便随着打工大潮，离开家乡去闯荡。没过多久，他们均带回来了自己的另一半，然后，都有了自己的儿女。这下，梅芝姐家里可热闹了，才几年时间，竟添了 6 口人。梅芝姐夫妇在笑得合不拢嘴的同时，又开始了新的忙碌。儿子儿媳都忙着出外打工了，4 个年幼的儿女都交给了梅芝姐。这下，梅芝姐更加忙得不可开交，这个哭，那个喊，这个要喂奶，那个要换尿片……卢一飞告诉我，他妈妈带的人，一直都是干干净净的，也从没让他的儿子摔过。

从 2013 年到 2016 年 4 年时间，梅芝姐因为肾结石、尿结石、胆结石几度住院治疗，但最终还是选择了手术。她先后动过 4 次手术，其间，儿子儿媳都在外面心急如焚，好想回来照顾她，可梅芝姐说什么也不让他们回，怕耽误了他们的工作。

其中，肾结石动了两次手术，第一次效果不行，只能再受第二次苦。到现在，梅芝姐手不能上举，一上举，便痛得满头大汗。

2016 年 2 月底，梅芝姐把年已 92 岁的妈妈接到了碑矶。老人年事已高，而且脚冷。这位近 60 岁的“小棉袄”每晚为老人暖脚。

对妻子的无私和付出，猫哥常常教育儿子儿媳：“不管有多困难，要把妈妈放在第一位，要多孝敬为这个家庭累得精疲力竭的娘。”儿子们噙着泪，拼命地点头。他们为娘买来热水器、洗衣机之类的家用电器，可梅芝姐舍不得用电。诸如洗衣之类，她先用手洗干净后，只是用洗衣机甩干。至于热水器，她根本没用，情愿蹲在灶前用柴烧水，反正乡里柴木充足。据卢一飞介绍，他家囤积的柴火可供家庭用两年多。

在完成这篇文章后，我同猫哥微信视频，接视频的是梅芝姐的妈妈，我叫她菊婧娘。这位 92 岁的婧娘尽管好多年不见，仍然认得我。老人一身整洁，思维清晰，仍如往昔模样。

“妻贤夫祸少，子孝父心宽”，古往今来，人们对这个话题津津乐道。梅芝姐没有惊天动地的壮举，她只是以栗山河人的善良与勤奋，用柔弱的身体，撑起了一个和谐、吉祥的家庭，在一条布满阳光的小康大道上铿锵行走！

几次和猫哥通电话的时候，梅芝姐会在一旁轻声地问：“老弟，你几时来卢家村玩啊？”

梅芝姐，猫哥，我会来的，那条流往资江的小溪的岸边有我以前的足迹，那幢曾经在我梦里出现了多少次的民居仍如以前一样风光。

猫哥，梅芝姐，这个春天，我们用一杯酒，祭奠过去的岁月，饮一杯茶，重续以前的情谊。征衣虽旧，岁月不老，不是吗？

刘资善

2022 年盛夏，入伏的第一天，我和一直在心底里认定的兄长刘资善老师联系，刘老师说：“今天来我这里喝喝茶吧，我让徐总去接你，好吗？”

2021 年春天，我随柳卫平老师去京湖湾采访时，认识了刘老师，也知道刘老师和京湖湾郭小林是儿女亲家。在采访拍摄途中，刘老师白衣飘飘，一路太极拳打得如行云流水，给我们留下了很深的印象。在午餐期间，我知道了刘老师和我同庚，比我大 20 多天，但我们的容颜却有天壤之别。当时我还故意问旁人：你看我和刘老师的年龄有多少差别啊？旁人认真回答：你应该有 60 岁了吧，刘老师估计不会超过 45 岁。知情人不由得哈哈大笑起来。

我当然知道，被问者当时还是照顾了我的面子。

刘资善老师是牛剑桥村的党支部书记，而且当了 13 年。2022 年，他看到村里的年轻人都很优秀，觉得自己到了让贤的时候，在会议上和各个公开场合，他几度提出了让贤的想法，但村民们不肯，认为刘书记廉洁奉公、为民谋利，所以要坚决留住他。后来，刘老师年龄确实大了，村民才同意刘老师退下来。

有一年，牛剑桥出现了百年不遇的干旱天气，农作物和禾苗“嗷嗷待哺”。远在南粤的刘资善知道后，在第一时间，花费几十万元买来抗旱机器，无偿赠送给家乡。

在半个月前，我的朋友刘正秋遭遇车祸，在桃江县人民医院接受治疗。因为交警队认定他负全责，所以在医院住了一个月以后，无力再支付昂贵的医药费。没办法，他只好发起水滴筹，以求能继续住院治疗。作为朋友，我把他的水滴筹转发到了朋友圈。刘老师见了，立即捐助 100 元人民币。资善老师一年要捐助多少钱给贫困户和急需钱用的人，恐怕他自己也说不清楚。

刘资善老师低调、谦逊，我试图用我的笔，写一个丰满的他，可每次都被他婉拒。他的善良都在熟悉或者不熟悉的人的口碑里。在写他时，我写得比任何人都艰难。但窥一斑而知全豹，正如他的名字一样，他行善于资水，这正是他谦恭善良的性格。

兄弟光辉

和李光辉聊天时，很少用文字，一个视频打过去或打过来，接了，粗心的我们忽然细心地发现了，平时花白的头顶如今似乎又白了许多，老了啊，我们把那个“啊”字拖得很长，继而哈哈大笑起来。

光辉带着读小学的女儿在沿海一带务工，50多岁的身材很臃肿，笑的时候，一脸横肉便呈“洪湖水浪打浪”了。生活的磨难没有磨去我们年轻时的锐气，有的时候仍然“锋芒毕露”，但我们从不怨恨命运，反而很满足地认为“活着就是福气”。休息时就地而坐的时候，能把一包“白沙”烟吸出“和天下”烟的感觉，常听人说知足者常乐，我们就这样“知足”地“常乐”了大半生。

李光辉的歌唱得好，这是一个不争的事实。30多年前，我们才20出头，很快乐。白天在田里忙活一天，晚上到县城玩时，他会把一支歌唱得十分嘹亮，让高亢的男高音响彻在桃花大道的大街小巷，引一些水汪汪的姑娘们侧目。

我们应该是在20世纪80年代中期认识的，那时我写诗歌已有好几年了。他很羡慕，也想“附庸风雅”一下，于是写了一首诗，读之，我发现他的文字很美，能准确把握到文字的跳跃性。

到了 1988 年，在当时的县文化馆馆长郭辉的支持下，我们竟然借助刚成立不久的“桃江县文学协会”的牌子（县作家协会的前身），在李光辉所在的曾家坪，宣布了《资江诗报》的创刊，还煞有介事地组织了五六人去了板溪舒家庵（现属鸬鹚渡镇），召开了创刊会。遗憾的是，因为经费困难，《资江诗报》胎死腹中了。

后来，我一直没有见过李光辉了。那个年代，联系方式基本上是靠捎口信或写信。我写过几次信寄到曾家坪，却没收到任何关于他的消息。昔日的好兄弟似乎蒸发了一般。再后来，我就失去了耐心，懒得去找了。

再见到李光辉时，已是 2018 年元月了，那时他刚从南粤风尘仆仆地回到了家乡。阔别 30 多年的兄弟见面了，我们的心情都特别激动，紧握双手，嘴唇颤动着，却什么话也说不出来。

如一阵风中的两片旋转的叶，我们刚见面却又要各奔东西，天下没有不散的宴席，我们不流泪，因为我们能忍住泪。男人啦，两个肩膀顶着一颗不屈的头颅，闯入风中闯入雨中，问人世间真情几许?

2022 年下半年，我和光辉在车站再一次见面了，那天的阳光真好，我们微笑着面向一里外的资水，把一碗擂茶举过头顶，致敬 30 多年不变的兄弟情。光辉，阳光下的满头华发是岁月铭刻的深深年轮，桃花不老，山水不老，友谊不老，资江不老，我们还会老吗?

春天近了，近在咫尺，桃花挂满了资江两岸的枝头。十几天后，光辉会从广东回家过春节，而我必须从家乡赶回常德。又一次错失机会让我们喟然长叹！谁也不想用目光欺骗谁，人生的遇见，总是掌握在冥冥之中的造物主手中。

但桃花是为我们盛开的，资水是为我们流淌的，光辉，不信你看，远远的浮邱山巅，有一轮月，轻轻松松为我们明亮到了今天。

遇见澍声

其实，人生有许许多多的遇见。我们带着一脸真诚的笑意，两手紧握。这次美丽的遇见，让我们记住了彼此。

2019 年，桃江县文联召开第三次文代会，我去了。吃中饭时，坐定后，再看餐桌，一桌好菜竟没有一瓶酒，心里很失落。其实，我包里还有三斤高粱酒，但满厅的人都在埋头吃饭，不好意思拿出来享用。刚好，同桌的龙玉牛先生也在感叹不已："一桌好菜，怎么无酒啊？"那声音显得很是无奈。

我听了，忙把酒从包里拿出："酒有呢，只是不好意思喝啊。"龙先生激动了，看到瓶中透明的液体，眼里竟发出异样的光，接过酒说："管他，我又不在职，你远在常德，管不了我们的。"他找了两个酒杯，倒满，急不可待地喝上一口，笑得眼睛眯成一条线。他忽然转头，为一位戴眼镜的年轻人倒上一杯，告诉我："这是李澍声老师。"

李澍声老师，我认得的，我们都在一个作协群里，只是我不喜欢群聊，而这位李老师在群里一直沉默。就这样，我们互相知道对方的名字，但从没有过任何交流。

我们互加了好友，但李老师居资江南，我住沅水北，两个人的交往只是在微信上互道平安。直到 2021 年正月，我应桃花江文化研究会之邀，到了家乡，知道了李老师也住在县城，而且距我居住的萧氏公寓近在咫尺。

在某个晚上，夜幕如期降临，我采访回来，打开手机，发现李老师在微信里和我打招呼：“喝一杯吗，沾溪饭店?”

在一个简陋的饭店，我们就着一个火锅、两个炒菜、一盘花生米，把一瓶白酒喝光了。街上的路灯明晃晃地亮着，我们互相举杯，祝福友谊，长长久久；祝福文字，干干净净。

我们的目光和千米外的资水一样，清澈见底。我们聊以前，春光明媚；我们聊今晚，夜色宜人；我们聊以后，阳光万丈。我们如兄弟般互相微笑，我们致敬古老的文字和年轻的文字，灿烂辉煌。

盛夏，我去大栗港镇曹家坪、红金村采访，那时，我中风不久，身体尚在康复之中。我完全可以闭门造车的，但我没有，一种职业道德让我一直认为：只有实地采访，才能得到真实的数据，才有可信度。李老师知道了，告诉我：“我开车送你去吧，刚好今天没课。”

就这样，我坐进李老师的车里。到达筑金坝，在烈属温建华先生的陪同下，用一天的时间，完成了去曹家坪、红金村的采访。归程时，我眼睛红肿，痛得很厉害，就去萧家山搞了点药，临别时，我没有请李老师吃饭，回公寓睡了。

类似流水账的文字，记载了一个遇见后的故事。故事新鲜真实，它深深铭刻在记忆的年轮中，我永远也不会忘记。

好久没和李老师见面了，我知道他很忙，在学校当孩子王好多年了，偶尔有一点点闲暇时间，或者坐于资江南岸某处静谧的书房，构思一篇散文或小说，或者举着相机，把“美人窝”的美丽摄入镜头。在他丰富多彩的朋友圈，我们不难看出这位温文尔雅的文化人的情趣。忙中有闲，闲里有忙，这也许是李老师的人生。

我们平平淡淡地交往着，真真实实地行走着。一个人的天地，似乎太小了，不喜欢融入鱼贯的人流，两人行，亦有我师。

桃花沐春风

劳动节这天，在桃江县城木艺巷萧氏公寓，我迎来了一位特殊的客人，她是桃江县蓝天志愿者协会会长袁鑫巧女士。

袁会长也许是刚从某个公共场所值班而来，她一路风尘仆仆，额头上还有细密的汗珠。走进屋后，她看到我杂乱无章的居室，便二话不说，细心地打扫起来。也就是半小时左右，室内便一尘不染、窗明几净了。

其实，我是认识袁会长的，当然认识的程度，也仅仅是在几个较有隆重仪式感的官方会场里的遇见。后来，她把我拉进了蓝天志愿者协会的群里。我在那个群里待了好久，除了发几个文字链接外，几乎没有说过什么。

有一天，我的微信好友欧阳姣姣问我：怎么不写写袁鑫巧会长呢？

是啊，我怎么不写写袁会长呢？

于是，2022 年 5 月 1 日，我临时取消了去马迹塘镇的采访，在我租住的公寓里，等待这位影响了桃江县的爱心人士。

袁鑫巧，1966 年出生于江西樟树。8 岁时，随父母来到了美丽的桃花江。下面的故事就顺理成章了，漂亮的江西女孩成了美人窝的一员。

1981 年，袁鑫巧高中毕业了，同年 12 月，她考入了桃江县药材公司。因为从父母那儿学到了渊博的药材专业知识，她在公司里如鱼得水。

1986 年，袁鑫巧和安化县石油公司的卢建明结婚成家了，一年后，有了儿子。就这样，一家人在美丽的桃花江幸福地生活着。

到了 2004 年，桃江县药材公司宣布破产，袁鑫巧只得前往浙江杭州某连锁药店工作。因为拥有丰富的专业知识和自己的努力，她做了该药店的药师和店长，一干就是 8 年。后来，儿子结婚了，并且有了孙子。鑫巧只得辞工，前往儿媳所在的湖南岳阳带孙子。也正是她的岳阳之行，让她接触了当地的爱心志愿者，2013 年，袁鑫巧加盟了岳阳市“多背一公斤”志愿者协会。

袁鑫巧从事专业药材加工 20 余年，一旦退休了，完全可以享受天伦之乐的。

后来，小孙儿也上幼儿园了，袁鑫巧回到了桃江县城。她看到了家乡日新月异的变化，但也看到了一些迷路的老者背着大包小包汗流浃背地在路上行走，她被这一幕震撼了。2016 年 5 月，她约见了好友安立波、杨汝珍、贺其训、阳中明 4 人，在县城一家不起眼的小茶馆里小聚。袁鑫巧说了很多，她说了她耳闻目睹的事情，也以一个人力量小无法帮助他们而自惭。她说她想成立一个志愿队，为弱势群体服务，为底层人士呐喊。

袁鑫巧的建议得到了这 4 个人的积极响应。

于是，一个名叫桃江县蓝天志愿者协会的群众性团体在 2016 年 5 月 15 日成立。2016 年 8 月，该协会在益阳义工联登记，登记名为益阳市蓝天义工队。2017 年，为响应县委、县政府关于创建全国文明城市和创建全国卫生县城的号召，义工联从益阳迁回桃江县城。

这是一个自发形成的向社会弱势群体奉献爱心、以开展公益活动为主的民间公益团体。蓝天志愿者协会从风雨中蹒跚举步到日益成熟，倾注了以袁鑫巧为会长的团体的付出和艰辛，无法用笔墨来形容。他们活跃在桃江2068平方公里的沃土上，无论寒暑易节，不管雨雪风霜。

一组似乎很枯燥的数字，可以说明和见证蓝天志愿者不平凡的大爱。

协会成立7年来，开展公益活动1590多场，爱心帮扶贫困残疾青少年1008位、五保户450多位，关爱90岁以上老人40位、建档立卡贫困户400多户、留守儿童2400位，长期开展“凤凰山中小学生社会实践基地”常规志愿服务，连续7年主办了公益相亲活动，为四川凉山空巢老人、留守儿童众筹新衣5000余件，为县特殊教育学校学生举办帮扶活动80余场，众筹衣物10万余件。2021年7月河南遭遇极端强降雨，7月17日8时到23日7时，河南新乡市平均降雨量830毫米，最大降雨量965.5毫米。蓝天志愿者协会应急救援队于7月22日晚赴河南新乡参与救援，配合转移群众4000多人，救援被困群众300多人。

2019年元旦节，桃江县桃花江镇花桥路9号居民楼二楼房主因忘记关火箱引发火灾，男主人因救火脸部烧伤，3楼和1楼户主在这次火灾中亦遭受到了不同程度的损失。

遭受火灾的房主彭静忠是蓝天志愿者协会的一员，面对遭受的50余万元的损失，她欲哭无泪。

蓝天志愿者知道这个不幸的消息后，迅速组织了募捐活动。我们无法阻止天灾人祸，但无疆的大爱会让人从绝望中走向新生。在短短的7天时间内，蓝天志愿者共有127人次争先恐后地加入了募捐行列，共募得人民币6358元。协会所在的凤凰山社区干部职工也积极加入了募捐活动。当协会会长袁鑫巧把募来的钱和水果送到受灾人手里时，彭静忠感动得泪流满面，泣不成声。

当疫情出现，蓝天志愿者应声而出；当莘莘学子高考时，蓝天志愿者保驾护航……桃花江的蓝天一片纯净，美人窝的故事激动人心。

在我的朋友圈里，袁会长无疑是最忙的一个，在蓝天志愿者的群里，她有条不紊地安排着协会成员第二天的行动，响应者立刻云集。于是，第二天的桃江县城里，穿红马甲或穿蓝马甲的志愿者们，忠于职守地忙碌着。渴了，喝一口自带的白开水；饿了，就地吃个盒饭。吃饭喝水都是他们自己掏的腰包，一切都很正常。冰天雪地的跋涉，烈日下的奔波，蓝天志愿者乐此不疲，在袁会长的率领下，活跃在桃花江这块美丽的土地上。

桃江县蓝天志愿者（义工）协会，于2021年5月更名为桃江县蓝天志愿者协会。

蓝天下纯净明亮，桃花江秀丽妩媚，蓝天志愿者协会在袁鑫巧会长的率领下，整装待发，走向辉煌！

秋　秋

在桃江乡下，如果称呼一个关系密切的人，可以在其名字中选择一个字，然后重复叫。就如本文中的秋秋，他叫刘正秋，我们如果叫他秋秋，显得很亲昵。按本地方言，两个秋字有两种读音，第一个是平声秋，第二个则是仄声曲。于是，我叫他秋曲的时候，刘正秋便会高兴地应一声。

再过几个月，秋秋56岁了，算起来，我们有30多年没见过面了，和他视频时，发现他仍然如以前一样瘦得惨不忍睹。

我们虽然是同一个乡镇的人，却是在修山镇舒塘街认识的。

那时，少男少女是无忧无虑的。我们去爬羞女山，亦可以站在资江河岸堆积的竹排上，放声高歌。

我去过秋秋家几次，他家处在刘家村一个叫厚福湾的村子里，在几间木质建构的房子里，我们海阔天空地闲聊，感恩遇见和友谊。

秋秋勤快，孔武有力。在崎岖不平的山路上，我步行都很困难，他却担着一百五六十斤重的红薯，大踏步地行走，而且丝毫也没有费力的感觉。在我的记忆中，他饭量大，三碗米饭可以一口气吃完，不计较菜的好歹。而我则会喝着他打来的半斤白酒，打发一个漫长的夜晚。

秋秋会唱歌，花鼓戏与流行歌曲，他都唱得声情并茂。我们骑着单车去过板溪小港、鲊埠、益阳杨林坳，途中，他一路歌唱。每一个季节的美丽，便是从一曲来自乡野的歌声开始。

后来，我再度来到厚福湾时，秋秋已不在家乡。他父母告诉我，秋秋出外打工了。两老热情地招待我，虽然秋秋没在家，但我亦能感觉到如在自己家一样温暖。

20世纪90年代初，我南下广东，先到深圳，继而到惠州。那时，找份工作真的很难，在茫茫人海中，惠州暖洋洋的阳光照着无精打采的我，在千百次碰壁后，我竟然邂逅了秋秋。

在异乡的土地上，我们兄弟般地紧握着手，开心地笑着。那一天，我随着秋秋到了他们群居的房子里，却没有受到预期中的欢迎，他们用一双双充满敌意的目光望着我，完全没有他乡遇故人的感觉。我当然知道，在外面没有找到工作之前，平白无故地添一张嘴吃喝，是一种压力。民间俗语云：多一个和尚多一份斋。就在我很是尴尬地要告辞出去的时候，秋秋一把把我拉住，对他们说："都是家乡人，大家都不容易，添客不添菜，只要添双筷，大家随便省几粒米不就行了。"1992 年后，我几经辗转回到了家乡，便再也没有出去过。和我相反，秋秋自从出去以后，就没回来过。我一直在打听他的下落，可没有人能够告诉我一个关于他的确切的消息。到 2020 年上半年，好友熊定远告诉我，秋秋现在在惠州一家医院工作，生活得很好，他把费力找到的秋秋的电话号码给了我。

当时，我很激动，甚至忘了谢谢熊定远。30 多年了啊，30 多年的患难兄弟一旦找到了下落，怎不叫人欣喜若狂，百感交集？

当熟悉的声音从电话里传来的时候，我竟然有些语无伦次了。电话中，秋秋告诉我：他一直在惠州，现在在一家医院从事护理工作，虽然没有节假日，但收入还可观。他把他的弟弟与弟媳也叫来了，在同一家医院上班。

在人生的路上，我们珍惜每一次遇见，我们把友谊慢慢转化为兄弟情谊，这种情谊是我们用真诚、信任拧成的一根无形的绳子。这根绳子将我们拴在一起，我在湘北，君住粤南，但我们拥有一个共同的家庭：大栗港。

拧成了的绳子是永远也不会断的，因为遇见而美丽，因为相识而重情。

2021 年新年伊始，秋秋告诉我，他将回湘一趟，看看 80 多岁的老娘以及魂牵梦萦的家乡。在微信里，秋秋热情地邀我回家，看看美丽的大栗港。当时因为 80 岁的娘正在患病而脱不开身，我只好遗憾地谢绝了。

有一个晚上，在视频中，我见到了秋秋的妈妈，老人已 85 岁了，身体依然健康。几十年没见了，老人家还记得我的名字。我把手机拿给娘，在五寸屏幕中，两位昔日的老朋友显示出和年龄不相称的兴奋。阔别几十年了，她们彼此仍然能叫出对方的名字，让人感到乡下人的纯朴与重情。

秋秋，来常德玩几天好吗？

秋秋说，我好想来啊，可是，兄弟，我在长沙刚买了房子，要搬家了，忙呢。我点点头，幸福虽然姗姗来迟，但祝福是永远不会迟到的。

来不及相聚，秋秋顾不上在家里过年，便和爱人前往惠州上班了。

月瘦了，月圆了，月中的桂花树开花了。

刘玉山

2021 年正月初八始，应桃花江文化研究会之邀，我住进桃江县城，然后奔波于资江两岸，采写桃花江红色故事和人物事迹。暮春时节，一次雨中的大栗港之行，一个偶然的遇见，我邂逅了刘玉山。

老了，我们都老了，一晃 30 年了啊。

对着夕阳下的杨家嘴，我们笑了。

1991年，为了改变家庭困境，我只身南下深圳，几经辗转，到了深圳市福田区，挤进一个名叫广威电子的公司，在那里寻找属于自己的天空。

我有几个老表和很多老乡在这里务工，尽管工资很低，但他们很幸福。毕竟，他们拥有一份工作，每月可以寄几张诱人的钞票到家里，让父母的餐桌上增添一些食物，亦可以把泥砖土屋拆了，重建三层小洋房。

我没有找到工作，只能漫无目的地在深南中路、香蜜湖、竹子林一带徘徊。在一个细雨霏霏的下午，当我把身上仅有的两张零钞掏给一个卖盒饭的小贩时，我的脸上有了泪。

衣袋里布撞布了。

就这样，我饥一餐饱一餐地在深圳挣扎着生存。

刘玉山也在广威电子上班，我记得他给过我12元钱。

1992年，我离开了深圳，回到了家乡。30年过去了，刘玉山的粗嗓门、大眼睛只能在梦里见到了。

有一天，接到宣传部小武部长的电话，我立即从马迹塘赶到大栗港，采访桃江籍全国劳动模范詹琛的父亲詹跃龙老师。

在麒麟大酒店，我知道了刘玉山的下落。打他电话，接了，仍然是那个熟悉的粗嗓门从手机里传来：你好，我是刘玉山……

2021年4月，我再度来到大栗港，在他人的指点下，找到了文化街某别墅。人未进门，门楣上挂着的“三哥服装厂”招牌赫然在目。

刘玉山出门接我，拄一根拐杖，头发花白。那双大眼睛，写满了他曲折的人生。

刘玉山，桃江县大栗港镇大栗港村人，1971年出生，父母是老实巴交的农民，玉山在家里是最小的，他还有两个哥哥和一个姐姐。

刘家最小的儿子并没有得到父母特殊的宠爱，家境虽然清贫，但总算有一口饭吃，有一身衣暖身。命运如此，无法怨天尤人，反正大家都是这么走过来的。

1991 年年初，20 岁的刘玉山随着浩浩荡荡的南下打工潮，来到深圳特区，在一家名叫广威电子的公司上班。因为该公司待遇太低，不足以养家糊口，他辞工了，离开了深圳，开始在广东各大小城市奔波，企图寻找到能让自己施展手脚的天地！

1997 年，刘玉山突然发现自己的双腿很痛，不能站立，因为环境和有限的医疗设备，以及自身的身体素质，致使腿部残疾，无法正常行走。

以后的 10 年，刘玉山拖着残疾的腿，奔波于全国各大小城市，只要力所能及，只要能赚钱，只要不违反法律、违背道德，他会透支体力去做。他说他是农民的儿子，不怕吃苦。

2021 年正月，刘玉山的“三哥服装厂”在亲人和朋友的祝福声中开业了，他购来制衣的机器设备，租用大栗港镇文化街一位朋友的住房，招来 10 多名工人，在自己的家乡顽强地生存着！

人生路坎坷不平，只有不懈地走下去，才能辉煌！

山当田耕，笋当菜种

山当田耕，笋当菜种。

这是我在桃江县鸬鹚渡镇龙塘湾村看到的一句最贴近百姓心声、最具人情味的广告词。我县是中国楠竹之乡，每到春天，漫山遍野的竹笋强烈诱惑着人们的味蕾。于是，家家户户的餐桌上，都有洁白如玉的笋片。

或许是因为著名音乐家黎锦晖先生的一曲《桃花江是美人窝》而蜚声中外，桃江县早在20世纪80年代中期，被林业部命名为“中国楠竹之乡”。

2022年4月，美人窝的大山里，一场春雨淅沥，几缕春风吹拂，竹笋纷纷拱出地皮，怒指苍穹，蔚为壮观。

4月8日，我正在鲊埠为80岁的老娘庆寿。下午4时许，我县摄影师柳卫平老师打来电话，他告诉我，他们一行计划去板溪龙塘湾参观一家竹笋有限公司，并准备拍摄一些笋农挖掘竹笋的照片，想邀我一同前去采访，时间就在后天。末了，柳老师在电话里神秘地告诉我：那家公司的老总是龙塘湾村原党支部书记，有很多故事呢。

4月10日上午9时许，一辆小车朝我徐徐驶来，在我的身边停下。我急忙打开车门，没料到车上除了柳老师外，还有一位萧进军老师和一位女老师。

于是，越一江资水，迎万丈阳光，车子穿行在美人窝美丽的山水中。没多久，龙塘湾村已赫然在目。

久违了的板溪仍然用30多年前的豪爽迎接我的到来。在公司的办公室，陈总接受了我的采访。

陈总大名志元，1964年出生。他告诉笔者，他从事山林建设开发已38年了。这里的莽莽群山，给了他大显身手的机会。他是大山的儿子，大山是他的生命之源。

1984年，山一样伟岸的陈志元在党的富民政策感召下，毅然承包了龙塘湾周边的五千多亩大山。这些山遍布安化、大栗港、天井山、鸬鹚渡本土。看到手中厚厚的一沓山林承包合同，陈总笑了："生逢盛世，我有了用武之地啊。"于是，他率领全家，浩浩荡荡地进入山林，开垦荒山土坡，清除荆棘杂树，然后，栽种杉木、楠竹数万株。事隔数十年后，这位58岁的半老头子感慨地对笔者说："每天我都要进山里看看，摸摸那些正在茁壮成长的楠竹树木后，心里才有一种脚踏实地的感觉。"

1996年，陈志元当选为阳厢村村主任。村里的工作多了，去山里的时间少了，他难以割舍他的山林。那些充满勃勃生机的树木是他朝夕与共的兄弟。到1997年，陈志元辞去了村主任一职，全身心地投入到大山的怀抱中。那些年，他为了栽种和管理楠竹树木，流了多少血汗，只有天知道地知道，自己不知道啊。

2005年，陈志元被选为阳厢村党支部书记。2008年，阳厢、柑木、龙西三个村合并为龙塘湾村，陈志元再度当选为该村党支部书记。

2017年，在热烈的鞭炮声和人们的祝福声中，桃江县憨哥竹笋专业合作社在龙塘湾村挂牌成立。

2022年4月，在陈总的引领下，我们一行人参观了公司的车间，这时，暮春的气候很是燥热，工人们却在高温下紧张有序地忙碌着，清洗、蒸煮、压榨……一道道工序有条不紊地进行着。现在正是挖掘春笋的最佳时期，十里八乡的村民纷纷把优质的竹笋送到公司。陈总告诉我们：憨哥竹笋绝对没有任何添加剂，是纯绿色食品。

2010年，陈志元在担任龙塘湾村党支部书记的同时，还兼任鸬鹚渡镇敬老院院长一职。这下他更忙了，为了山林的茁壮，为了村民的福利，为了老人们晚年的幸福，陈志元如一只积蓄了力量的陀螺，幸福地旋转着。

2013年，陈志元辞去了龙塘湾村党支部书记职务，全身心投入公司和对敬老院的管理。到 2017 年，桃江县双俊竹笋有限公司在美丽的龙塘湾村应运而生。

对于“双俊”两字，笔者颇感兴趣。陈总告诉我，他两个孙子的名字里都含有一个俊字，所以称之为双俊。陈总大笑着说，他们经营竹笋行业已有两代了，希望他的孙子长大后传承下去。

目前，陈总投资山林开发、厂房建设、竹笋加工设备已达上千万元，解决农村剩余劳动力就业 60 多人。如果在加工旺季，则需 100 多人呢。眼下，龙塘湾村周边的青壮劳动力不热衷外出务工，既然家里能赚钱，还去异乡奔波干什么？

现在，双俊笋业开发食用竹笋 8 个——烟笋、闽笋、糯米笋、脆笋、白芽笋、即开即食笋、酸菜笋、笋酱，这些成品笋远销上海、广东、湖北、浙江、海南、西藏、福建等地。

从 2017 年开始，陈总的憨哥合作社和双俊笋业已纳入湖南省精准扶贫企业。他带动本地 1200 多户村民从事竹笋行业，从而推动了竹山经济顺时代潮流转型。由于陈志元积累了 10 余年的竹笋加工技术，加上他领导有方，竹笋加工成品数量逐年递增。从 2017 年年产量五万斤开始，到 2022 年竟达三百万斤，并让 575 户贫困家庭在这里精准脱贫。

陈总还是一位不错的发明家呢。

每逢冬季来临，铺天盖地的大雪从天而降，美丽的雪景让多少文人骚客惊艳不已，但对竹林来说，则是个致命的打击。一场大雪过后，很多楠竹被拦腰折断，有的甚至呈撕裂状。陈总看到这个情况后，心疼不已。如果有一个不让大雪压折竹子的办法，该有多好啊。从此，陈总在难得的休息时间里，不停地琢磨思考这个问题。经过无数个不眠之夜，他终于研制出一种“毛竹人工摇梢”办法，目前在本地大为推广，而且正在申请专利发明。桃江县林业局经过实地考察后，高兴地说："陈总的发明让本地楠竹每年增收上亿元。"

陈志元，一个粗犷的汉子，就这样固执地行走在大山的最深处。他是山的儿子，有着梅山的坚毅、锡溪的深情。他热爱大山的连绵起伏，把自己的青春无私地馈赠给了这片土地。

38 年了啊，陈志元是这么铿锵有力地走过来的，他还将这么铿锵有力地走下去！

父亲典范

在微信群，我认识了一位名叫方富强的好友，在父亲节那天，说起他的父亲，竟然唏嘘不已。他说："父亲虽然走了，但他永远是一座矗立的丰碑，屹立在我人生运行的轨迹。"

在 2019 年父亲节，方君请我写写他的父亲。在一种"子欲养而亲不待"的驱使下，我急急地铺开稿纸……

在儿女们面前，每一天都是父亲节！

崔家桥，位于汉寿县以南 21 公里，东邻龙潭桥、毓德铺，西连三和，北抵太子庙。传说很多年以前，溪河靠小木舟摆渡。有一位崔姓的艺人修善积德，捐资修建了一座木桥，因而得名崔家桥，并一直沿用至今。

富强的父亲方平和，单从名字来看，便是一位谦谦君子。他出生于 1949 年农历八月二十二日，崔家桥蔺家山村方家湾人，汉寿三中毕业。

方平和是独子，成家后，生儿女三个。因为家庭条件不好，全家七口人，而主要劳动力仅他一人。虽然祖父和母亲可以帮助做一些力所能及的活计，但他仍如一头负重的老牛，默默地耕耘在自己狭小的空间。出集体工时，天黑了，人家都收工了，只有平和在披星戴月地忙自己自留地里的活。

20 世纪 80 年代，儿子方富强在长沙求学时，他家是农业户口，没有多少粮票。这时，方平和便肩挑沉甸甸的大米，硬是挤上崔家桥开往长沙的班车，送到儿子就读的长沙纺专学校。

方平和富有同情心，虽然当时家境贫困，但与生俱来的一颗大爱之心，让他遇上谁需要帮助，便会仗义相助。好多年前，他认识了一位毓德铺的李姓青年，小李寄人篱下，受养父歧视。平和知道后，想办法介绍他到汉寿县城一家豆腐作坊，让他边打工边学手艺。后来，小李渐渐长大了，方平和又去找远在东莞的外甥女，拜托她介绍小李进厂工作。小李因接受不了厂里的快节奏，想辞工出来打豆腐，又是这位侠肝义胆的方大叔，从老家购买了一千多斤黄豆，用板车拉到 319 国道，想把黄豆搭到东莞。可大巴车的司机不相信他是搭车人，没停。没办法，方平和只好拖着沉重的板车把黄豆送回家。第二天，方平和打听到了县运输公司的电话，才把一千多斤黄豆托到东莞。

2016 年，小李回家，想在家乡创业。方平和让小李在家住一段时间，然后，和他一起，到处为他找门面，几经辗转，才在军山铺国道 319 旁的王家堤选好了地方。平和帮他搭棚，掏钱买来铁钉之物，硬是为小李筹备好一切，让他的豆腐加工厂顺利开张营业。

方平和是远近闻名的孝子。他母亲不到 60 岁便双腿瘫痪，父亲也多病。方平和一直为父母端屎接尿，盛饭递菜，极尽人子之道，一直到母亲（85 岁）和父亲（80 岁）去世为止。

平和与妻子一道，起早贪黑，辛勤持家，为了三个儿女的成长，所付出的艰辛无法用言语表达。在中国传统孝文化方面，为后代树立了楷模与典范！

据儿子方富强回忆，他父亲还是一个出了名的家族文化传播者。2015年9月，他把自己省吃俭用的钱拿出来，不远千里去方氏始祖的故居——河南禹州方山祭奠，并在近年，多次到湖南新化、安化、汉寿先祖迁徙地祭祖。

在这个物欲横流的世界，方平和以淳朴的农民本色，拒绝平庸和拜金主义。认识与不认识的人，如果遇上困难，他总是及时出现在人们面前，毫不犹豫地帮助人家。以助人为乐，便是方平和做人的原则！

2017年10月1日国庆节，是方平和70岁生日，也是他最后一个生日。儿女及乡邻亲属纷纷为他祝寿，让平和很是开心。午餐后，儿子富强走到慈父面前，敬了祝寿酒后，亲昵地抱着父亲的肩膀，说："爸爸，您也该退休了，再也不要到处奔波劳累了。"可国庆7天小长假期间，方平和还是插了三亩田中稻后，到山上捡茶籽。

2018年10月7日，方富强背井离乡去深圳务工。没想到，仅仅过了短短的一个多月时间，即2018年11月28日，便听到了父亲遭遇车祸的不幸消息。

在常德市第一人民医院，方平和住进了重症监护室。漫长的15天，儿女亲属在门外焦急地等待着，尽管医生已竭尽全力，终因伤势严重，回天无力，这位可尊可敬的老人带着对故土的无限眷恋，遗憾地寂寂西去！

"爸爸，您该休息了，再也不要到外面奔波劳累了……"

一语成谶啊，想到这里，方富强失声痛哭！

那一天，方家湾万人空巷，人们怀着痛楚的心情送方平和老人入土为安。

方平和除了给后人们留下了怀念和追忆，还留给了儿女们做人的典范！

女强人杨朝辉

2021 年 6 月 28 日夜，在桃江县城金盆路丫丫时尚餐厅，我认识了从半山仑风尘仆仆赶来的杨朝辉女士。

杨朝辉是高桥镇赵家山村人，一位美丽的桃花江女子，1976 年出生。当我从天问路打车刚抵这里时，她和柳老师已在餐厅大门等待。

一钵武潭鱼，几个荤素菜。没有客套，亦没有多余的寒暄，这位“桃江县宏讯达茶叶种植专业合作社”的老总，被人誉为女强人的杨朝辉开始了她的讲述。

2003 年，28 岁的杨朝辉随着浩浩荡荡的打工大潮前往深圳。那时，和她同去的兄弟姐妹都削尖脑袋进厂务工，可朝辉却独辟蹊径，租了一个门面销售南杂百货，自己当了老板。是农村人的善良与勤劳，让她赢得了人生的第一桶金。到 2011 年回家时，她已是拥有几十万元的老板了。

2014 年，杨朝辉放弃了到县城购房屋的想法，把自己的目光定格在美丽的家乡。作为生于斯长于斯的桃江人，总是希望自己的父老乡亲能够安下心来扎根农村，也希望自己能在这里有一番作为。于是，她在浮邱山半山仑租赁千余亩山地，用其中的 200

多亩种植茶叶，其余的山地让它自然生长南竹。

杨朝辉告诉笔者，她承包的南竹和种植的茶叶自经营以来，一直不景气，甚至到了亏损的地步，但她从未想到过放弃。每到春暖花开时，采茶的季节开始了。这时，她会请来附近的一些婆婆、姥姥上山采摘茶叶，并留吃中饭和付给工钱。

2014 年，杨朝辉在赵家山承包了 200 多亩水田种植水稻。11 月 6 日，“桃江县宏讯达茶叶种植专业合作社”在赵家山挂牌成立。

或许是茶叶市场不景气，杨朝辉开始瞄向另一个市场：蜂蜜。

刚起步时，朝辉只引进了十几箱蜜蜂。这种蜂叫中华蜂（又名土蜂）。因为这种蜜蜂产出来的蜂蜜味道纯正甜香，产量非常少，但朝辉从不掺假，所以口碑好、回头客多，而且生产出来的蜂蜜供不应求。

2019 年，朝辉决定扩大生产规模。该年春天，她扩大到 60 多箱蜜蜂，到 2021 年，已超过 200 箱，并请来师傅居家指导。

这下，杨朝辉更忙了，她会根据季节的变换带着蜜蜂去全国各地。那才叫阵容呢，朝辉自己开着一辆车子，带着装有蜂箱的车队，一路浩浩荡荡，带着蜂群去花源茂盛的地方采蜜。幅员辽阔的中国版图上，留下了他们流连忘返的足迹。

朝辉说：“蜂农最为辛苦的是蜜蜂转场，如果甲地的花采完了，必须转到乙地去。而甲乙两地的路程差距是很大的。这个时候，蜂农们晚上不能睡觉。”

竹林茶叶亏了，但蜂蜜、稻谷赚了。而被人们称为女强人的杨朝辉的华丽转身，又引来了许多羡慕的眼光。

2020 年春天，杨朝辉没闲着，和丈夫刘志宏开着车，将环保炭、烤火炉等物资免费送到桃江县各个高速公路入口处的收费站，收费站的工作人员从杨朝辉真诚的眼睛里读懂了她心忧天下的拳拳之心。

杨朝辉每年定期去高桥镇、浮邱山乡两地的敬老院慰问，自己田里收获的米，还有环保炭以及水果蔬菜等老年人必需的食品，她都会亲自送去。

杨朝辉告诉笔者：在人家眼里，她是一位女强人。

每一个女强人的背后或前方，总有人为她摇旗呐喊！丈夫刘志宏在高桥镇农电所上班，虽然没有和妻子一起并肩奋斗，但在精神上一直默默地支持她的事业。大伯刘建宏和72岁的公公主动为她打理着家里的门面和租种的200多亩稻田。杨朝辉从外面奔波回家，婆婆会把热气腾腾的饭菜送到她的手里。

杨朝辉自创业以来，多次聘请农业专家来基地传授先进技术。她先后参加2016年益阳广播电视大学的黑茶生产加工技术培训班、2017年岳阳职业技术学院的湖南省贫困村创业致富带头人培训班、2019年湖南农业广播电视学校的农村植保技术培训班、2020年湖南环境生物职业技术学院的湖南省新型职业女农民培训班，每次都被评为优秀学员。

2017年，杨朝辉被定为桃江县省级重点产业委托扶贫示范人，并定向帮扶赵家山100位贫困人口脱贫致富。2019年县妇联授予其合作社女企业家协会会员单位称号，2020年县妇联授予她桃江县“最美创业”荣誉称号。她被种植户誉为“桃江农业发展女强人”。

女强人把自己的半边天顶得干脆利落。她说：“我从不后悔放弃城市的诱惑而扎根农村。赵家山这片土地好肥沃啊，它能让我倔强地站立着，面对明天的太阳，走向辉煌！”

2021 年 6 月的最后一天，在高桥镇一个名叫赵家山的村庄，一位娇小玲珑的农家女子坐在我面前，她告诉我……

龚维强：爱屋湾的守护者

仍然是柳卫平老师的召唤，我从常德赶到了家乡桃花江。柳老师告诉我：益阳新桥河镇有个爱屋湾村，那里是全国享有盛名的“学霸村”，也是莘莘学子最向往的地方。爱屋湾有个龚维强，是“学霸村”的守护者，是“学霸村”的宣传人。

2023 年 6 月 29 日，在桃江县城桃花大道，我坐上了柳老师驾驶的车，没多久时间，我们便到达了目的地。在一栋具有乡土风格的楼房里，主人龚维强先生迎了上来，热情地握住我们的手。

这里便是益阳资阳区新桥河镇爱屋湾村，据龚维强介绍，爱屋湾的龚姓人占本村人口 80%以上，享誉盛名的“学霸村”是个注重耕读文化的地方。全村 3700 多人，从 1978 年全国恢复高考开始，一共有 300 多名大学生从这里走出，占全村人口的 10%以上。而且，其中有清华、北大、哈佛就读的学子。为此，《人民日报》《湖南日报》《今日女报》《益阳日报》等媒体都争相报道，微博也已上热搜。

龚维强，1967 年出生，“美食益阳”主持人，益阳美友会会长，益阳市蚂蚁社会工作服务中心监事长。他热衷于文学创作和公益事业，以“乡土记忆”题材为系列，在今日头条发表散文达 68 篇，宣传和歌颂爱屋湾村。

“龚会长，你家有几个大学生呢?”笔者认真地询问。

龚维强告诉我：他只有一个女儿，芳名龚恋雯，1993 年出生，2011 年以 661 分的高分考入北京大学。本科毕业后，以专业第一名的成绩保送北大研究生。毕业后，分配在中国广电工作。一年后离职到了爱奇艺，现在，在优酷上班。

龚会长告诉笔者：女儿自上学以来，从没有在外面吃过早餐，她的早餐都是由父母亲手烹制。每逢寒暑假，父亲给她三天自由玩耍的机会。三天以后，由她自己制订学习规划：什么时候起床，什么时候复习语、数、英等功课，什么时候就餐，都会安排得合情合理。但晚餐后自由锻炼一小时，这是严父规定而必须严格执行的。由于父母教导有方，加上龚恋雯自身的天赋和勤奋，她的学习成绩一直名列前茅。

龚维强少年时离开家乡，归来时已两鬓斑白。他的目光一直聚焦在梦萦里出现了千百万次的爱屋湾。

2021 年，一次偶然的机会，让龚会长接触到了益阳同城平台。这时，年少时的作家梦猛地被唤醒，他决定以笔书写爱屋湾的袅袅炊烟、耕读文化。68 篇“乡村记忆”系列在益阳同城平台发表，一百多万的阅读量，让爱屋湾这位美丽的村姑渐渐地揭开了朦胧的面纱。

龚会长的四叔四婶退休后，两人合作出版了两部纪实文学和一部长篇小说：《中学时代》《情雨浇露》和《三万冤魂》。为激励后人发愤读书，他们自费数十万元，在家乡修建龚家读书社，那一支直插蓝天的笔让莘莘学子热血沸腾。四叔四婶的一双儿女龚彦焱、龚陟帜，先后求学于北大，后求学于哈佛。加上龚会长女儿恋雯，这就是“一门三北大”的美谈。

有一天，四叔来到侄儿龚维强的办公室。这天，叔父说得最多的依然是爱屋湾，他说：新中国成立前，爱屋湾有大屋山学校和明书湾学校。那时我们这里也是英才济济啊。新中国成立后，维强的三叔考入吉林冶金电气化法科学校，四婶也是常德师专毕业生。恢复高考后，家家都有大学生。最后，四叔谆谆告诫侄儿，要多多宣传爱屋湾村的耕读文化和淳朴的乡土民风，“别让肉埋在饭里吃掉”。这时，龚维强突然有一种豁然开朗的感觉，他明白了四叔浓浓的家乡情结，也理解了四叔在转业时，放弃留在广州工作的机会，回家乡工作的恋土心情。这一次的叔侄交流，让爱屋湾村的宣传推介，成了龚会长人生的信念和使命。

2021 年年底，龚维强被聘为益阳同城主持人。开始，他既是主持人，又是撰稿人。到后来，参加的人陆续增加。到 2022 年 3 月，40 多名文友在周立波故居第一次线下见面。以后，连续 30 场线上征文比赛和线下采风活动，让一群群文友踊跃参与平台。于是，益阳许多活动宣传，都能看到他们忙碌的身影。经过一年多的努力，益阳同城平台有 48 万网友互动。

2022 年 7 月，在龚维强会长的奔波下，爱屋湾“学霸村”的名声已初具雏形。龚会长在益阳同城发布的《采风爱屋湾村，助力乡村振兴活动公告》得到了许多网友的热烈响应。摄影家瞿顺利、尹丽群等积极报名参加。作家王排、王正英、曹国军以及企业家冷英俊董事长也报名了。20 多名网友 5 台车，从益阳市区出发，前来爱屋湾采访。村里也很重视，组织人群敲锣打鼓盛情欢迎。那天，艺术家们不顾天气炎热，走访了 8 个企业，参观了人文景观读书社。当天，王排老师还以“耕读传家久，重奖读书郎”为题，书写了纪实文学作品在益阳同城发表。王正英、曹国军两位作家也不甘落后，以《爱屋湾村在振兴乡村经济路上》和《资阳：300 余人上大学，爱屋湾村好家风成就栋梁之才》的文字在平台发表，点击量瞬间涨到 38 万多。而摄影师们拍摄的照片，也让网友惊艳不已。这次采风，有 20 多篇宣传推介爱屋湾村耕读文化、红色文化、美丽传说的文字发表。爱屋湾出名了，千百万人的目光齐聚在这里，竖起的大拇指成林成峰。

龚维强会长不遗余力的奔波，让国人认识了爱屋湾，也让爱屋湾走出了益阳，走出了湖南，继而走向全国。中国有个爱屋湾，爱屋湾“生产”读书郎。

龚维强在公益路上铿锵行走了 8 年多，他的家乡情结永远是爱屋湾的口碑。爱屋湾是他的家乡，他生于斯长于斯，当然知道爱屋湾地灵人杰。在以前，他的村庄只是一位蒙着面纱的美丽村姑啊，“养在深闺人未识”呢。从 2022 年开始，龚维强会长利用自己的人际关系和益阳同城主持人、益阳美友会会长、益阳市蚂蚁社会工作服务中心监事长的特殊身份，邀请作家、摄影家几度前来爱屋湾采风，从此，爱屋湾声名鹊起，爱屋湾的事迹在社会上引起了强烈的反响。

2023 年妇女节，龚会长和爱屋湾村委组织了由益阳同城和红网直播版联合文艺汇演，强大的演员阵容和精彩的表演把三八妇女节日推向了高潮。这次文艺汇演既丰富了家乡的文化生活，又把爱屋湾这张崭新的耕读文化名片呈现给了社会。是年，益阳市人民政府把爱屋湾村定为“乡村文化示范村”，而获此殊荣者，整个益阳市仅有 8 个村。

2023 年 5 月 14 日，《湖南日报》派记者前来被称为“学霸村”的爱屋湾村采访，以《资阳区有个‘学霸村’，留学哈佛 5 人，考入北大、武大等高等院校 300 余人》为题，让爱屋湾这个名字走向了全国各地。尔后，《人民日报》《益阳日报》《今日女报》等媒体相继报道，省市领导也相继前来。爱屋湾村委和龚维强会长热情地接待了他们，龚会长还向他们详细地介绍了村里的乡土人情及其文化底蕴。

宣传家乡耕读文化、推介家乡风土人情，龚会长以笔为杖，抒写对家乡的热爱。他把文字及图片发往各网络平台，让更多的人知道爱屋湾的美丽和莘莘学子的勤奋。如果说爱屋湾是一张独一无二的名片，龚维强会长无疑是这张名片的设计者。

父亲树

父亲那两根竹棍叩地的声音仍然在耳边清晰地回荡，父亲的世界永远是黑暗的，但他的心如镜般明亮，他的思维如弦般分明。父亲生于1936年农历九月十八日，他的人生充满了坎坷。祖父母的文化水平真的有限，对于取名他们认为只是人生中的一个记号，当父亲赤裸着来到这个世界的时候，他便拥有了这样一个名字：萧菊兰。一个女孩的名字跟随父亲长达76年。

这是什么样的菊和兰啊？在霜雪中颤颤站立，在风雨中瑟瑟发抖。父亲前半世为了果腹而苦苦挣扎，后半世却在黑暗中度日。直到2012年农历五月十二日，父亲走了，我从常德汉寿赶回家时，我没哭，我觉得死亡对他是一种解脱，真正的解脱。解脱了，什么都轻松了。父亲在他39岁那年突患眼疾，依他自己的话说，叫作“不痛不痒看不见”。39岁正当壮年呢，娘决定不惜一切代价为他治疗。没钱，以305元廉价卖掉一间木屋。记得卖屋的那天，年迈的祖母躲到另一间房里哭泣，娘劝她：“只要把您儿子的眼睛治好了，修一间屋是很容易的。”祖母耳聋，但她听清了娘这句话，泪流满面地点点头。可是，到 1985 年祖母撒手西去，父亲的眼睛依旧什么也看不见，而木屋的旧址已长满了蒿草。

在父亲求医问药的日子，却引来了许多不着边际的非议。有人说："搞了一段时间的春插，想休息几天了吧。"有人说："只要到了松竹堂，把棍子一丢，迈开大步就跑。"最后的结论是：我父亲为不愿干活而装瞎！在父亲的棺材即将封棺的那一瞬间，我真想大喊一声：我父亲的眼睛到底是真瞎还是假瞎啊？可父亲什么也不知道了，他用他的善良原谅了肮脏的灵魂，他用他的与世无争逃避了人世间最无耻的恶语中伤。在这个世界，父亲似乎是一个可有可无的人，他谦恭地生存着，那双看不见光明的眼睛，总是在乞求这个世界给予他同情。他把我给他的钱借给人家，却因为他人对他的轻视而去索取。父亲双目失明不是他的痛苦，父亲最大的痛苦是千方百计讨好人家而得不到应有的尊重。

父亲多才多艺，毛笔字写得遒劲有力，算盘打得熟，顺口溜可以脱口而出，而且非常押韵。父亲的口才是有目共睹的，他只读了小学，没学过什么辩证理论，但善于找到对方的突破口，轻轻松松几句话，让人瞬间目瞪口呆，无话可说。多少年前，邻居道三爹常来看父亲，他们是"郎舅亲"，三爹的老伴是父亲的堂姐。三爹在没进门之前，便大着喉咙喊："老队长啊，在屋里吗?"父亲一脸激动，站起来，忙不迭地回应："在呢，在呢!"多少年后我才知道，三爹一句发自肺腑的称呼，曾给了我父亲多少慰藉啊。父亲在世时，我忽略了他的存在感，每次从汉寿回来时，给他烟酒，给他衣袜，临走时给他钱，可到他生命终结时，看到柜子里存放着没穿过的衣服、皮鞋，没用完的钱，我才恍然大悟：父亲所需要的，并不是这些能够使他生存的物质，而是亲人的陪伴。

父亲是一棵树，好大的一棵树，父亲为我们提供阳光，又为我们遮风挡雨，父亲的“枝繁叶茂”，至今还在为我们提供养料……

夏述明

在家乡的微信群里，我认识了一位名叫康民的好友，他告诉我，他是栗山河发财港人，姓夏，至于微信名康民，是拜当年的北京市纪委《是与非》杂志社总编黄智敏先生所赐。康民者，要多做一些有利于人民健康的事情也。他很喜欢这个名字，并以此为座右铭。

2019 年 8 月 17 日中午时分，我见到了从长沙风尘仆仆赶来的述明。于是，在太子庙湘味七号酒店，在酒店老总张智勇先生的陪同下，用地道的家乡方言，把一份邂逅时的家乡情谊推向高潮。

餐后，在张总的安排下，我们驱车来到鑫天地宾馆，几碟果蔬，一杯红茶，我们就这样坐进秋天的风景里，听一位从栗山河走出来的著名影视人讲他的故事。

夏述明，1974 年 7 月出生，1980 年就读于九湖小学。在天真烂漫的童年，述明很喜欢去三堂街外祖父家。他的外祖父是个读书人，在老人的案头总摆着很多书，外公很喜欢把《三国演义》《水浒传》里面的英雄故事讲给小述明听。在述明幼小的心灵里，便萌生了一种行侠仗义、扶危济困的心理。述明很崇拜关羽、武松之类的英雄人物，幻想在长大后，能持一剑，走天涯，弘扬正义，铲尽人间不平！

1987年，述明进入了栗山河中学，深深铭刻于大脑深处的侠士的忠肝义胆让他无心读书。他好不容易熬到1988年上学期开学，就坐不住了，悄悄拿着学费去了汉寿县军山铺万友武术馆。当校方和父母在武术馆找到他时，已是第三天的下午了。

1989年10月，夏述明说服了父母，独自一人去北京，去投奔外公的结义兄弟丁友秋。当时，丁友秋在北京市纪委主编的杂志《是与非》任编辑，在丁爷爷的介绍下，夏述明在杂志社担任美术编辑。

在北京上班期间，夏述明参加了成人高考，获得了大专学历。6年后，也许仍然是为了圆那个行侠仗义的梦，述明不顾丁爷爷的挽留，离开了北京，前往广东番禺。

尔后，夏述明进入郭兰英艺术学校表演系。在学习期间，他以栗山河人的进取精神和毅力，不断地在艺术的殿堂里磨炼自己、充实自己，以实现自己最初的梦想。

1996年，22岁的夏述明认识了毛羊坪的一个女孩。同年，两人牵手走进了婚姻殿堂。1997年，儿子出生。在儿子8个月时，妻子因不堪家庭贫困，只身南下。而夏述明为了对艺术的追求，一直在各地奔波。夫妻长期分居，导致感情破裂，在2002年，他们协议离婚了。

2005年，在深圳，夏述明邂逅了美丽的四川姑娘梁娟，2006年两人结婚，同年，女儿出生。

2010年3月，为了事业的发展，夏述明前往菲律宾、马来西亚、越南、文莱、柬埔寨等国家从事建筑行业，并且拥有了自己的搅拌实业。到了2013年年底，夏述明认识了澳门的尹国驹，他从此跻身于演艺圈。

在尹国驹的推介下，夏述明认识了香港著名武打演员陈惠敏。这时，述明郑重地告诉我：惠敏可不是一般人物呢，在演艺界和武术界，有“脚有李小龙，拳有陈惠敏”之说。在惠敏先生的帮助下，述明在演艺界声名鹊起。2015 年，他与陈惠敏合作了电影《乌鸦》，并在剧中扮演了重要角色。

2016 年，在著名导演赵志杰的邀请下，夏述明前往湖南常德，参加拍摄公益电影《解救女主播》，并且在剧中担任策划和主演。

从此，夏述明在演艺界更加活跃。他参加了 TVB 电视连续剧《赌城群英会》的拍摄与演出，在剧中，他与谢贤、陈百祥、佘诗曼等人多次合作，并策划和拍摄了《天使的秘密》《囧男》《奇葩追女仔》《绝命上海滩》《错爱》等影视作品。

夏导火了，可他仍然保持谦逊的性格。他说，他是大栗港人，他是资江的儿子，他的血管里汩汩流淌着的，是栗山河人勤劳勇敢、奋发向上的血液。

2020 年 8 月 17 日，汉寿县太子庙镇，在张智勇先生的全程陪同下，我们一行在异乡的土地上，尽情地说着桃花江方言。我们的眼睛里开满了桃花，我们的语言里流淌着资水……

后　记

萧骏琪

又一场雪如约而来，尽管这时已是2022年春天了，但它们仍然下得很认真，那些六角形的小精灵们铺天盖地地下着。它们从哪里来，又向何方而去？我不知道，我只是站立在羞女山下，深情地看着它们漫天飞舞着。什么时候，我开始苦苦沉思：我逃离过资水殷殷的目光吗？谁在我的门口种了一丛正开得热烈的桃花啊？我家乡的春天里，雪纷纷扬扬地下着，但雪是不能掩盖我对家乡的万般眷恋的。

7年前，在湘北一个千年古城，我铺开稿纸，写下了第一个乡下市井人物：阿明。7年后，在我的家乡，一个年轻的城市，一个开满桃花的水乡，我收拢稿纸，写完了最后一个市井人物：龚维强。

7年了，两千多个日夜，我就这样执着地行走在坚硬而油黑的土地上，竭力寻找来自生活和生命的感动。如果有一天，庄重的浮邱山伸出了热情之手，有一片云，飘过资水，在羞女的款款爱意下，我会如初生的婴儿一样喜极而泣。岁月的匆匆步履在不经意间走过，但上天的无私馈赠是浪淘沙尽始得真金的欣喜。

2015年，我开始写乡下市井人物系列。刚开始时，我就坐在办公室里，凭自己的回忆闭门造车。我写基层人物和他们鲜为人知的闪光点，从他们的憨厚善良中，我知道了我的父老乡亲都是这么走过来的。一年四季，他们始终如一株谦逊的谷穗，把自己的头颅垂向生养他们的土地。他们的举动是一种本能的善良，他们的无疆大爱行走于天地之间。

忽然发现，深藏于市井之间的大爱才是人世间最真挚的爱意，而这种爱是在不经意之中自然迸发的。他们急人所难，他们行侠仗义，他们终老在自己狭小的圈子里，日出而作，日落而息，用自己毕生的青春和精力来换取一日三餐生存的权益，他们是实在的，也是善良的。

于是，阡陌纵横的田野中，我赤足走到了他们中间，当一支劣质烟点燃后，袅袅的烟雾开始弥漫在家乡的上空，在他们粗犷的家乡方言和豪爽的大笑声中，我读懂了他们的勤劳务实，知道了他们对命运的不屈抗争。在春种秋收的歌谣里，我回到了从前，成了他们中的一员。

后来，我离开了办公室，背着简单的行李，去长沙、访湘潭、到湘乡、走常德、居双峰、问娄底……在茫茫人海中，在7年多的日日夜夜，我认真寻觅一个个感动着我们的事迹，再把它们串成一个个故事，然后呈送到读者的面前，于是，读者会惊喜地发现：源自生命中的感动原来有这么多。

在我的乡下市井人物系列中，有地地道道的农民，有传道授业解惑的教师，有起早贪黑、奔跑于全国各地的企业家（包括微商），有悬壶济世的医务人员……他们每个人都拥有很多感人的故事，他们从来不会去张扬，他们只是低调地行走在属于自己的天地，谦逊而又善良。

7年来，我固执地行走在寻找最平凡的感动这条充满坎坷的路上，在我简单的行囊中，除了采访本外，还有大大小小的西药瓶。岁月的侵蚀让我落下一身疾病，但我仍然忍受着病痛的折磨，坚持着。开弓没有回头箭啊，早在2015年上半年，当我完成了第一篇乡下市井人物的时候，面对众多的好评，我想写下100篇乡下市井人物。到2022年2月底，终于完成了这个艰巨的目标。我成功了，虽然心力交瘁，但自我认为是值得的，我没有为女儿们留下巨额财产，却为她们留下文字。在近40年的创作生涯中，我的人生又多了一轮太阳。

常德作家杨远新老师，益阳作家、诗人郭辉老师为本书写了序言，著名书法家文爱华老师为本书题写了书名。在此，一并表示最真挚的感谢！

本书的出版，得到了很多朋友的大力支持。在此，谨向王壮、谢卫东、钟维良、詹胜文、汪正初、柳卫平、曹麦新、熊政伟、温建华、刘访华、詹显姣、熊伏清、高尚、熊智、彭金宇、曹奇才、瞿选祥、熊伍等表示衷心的感谢！

在我的写作生涯中，我父亲的目光是一直跟随着我的。如今，他到另外一个世界已有10多年了。梦中，他常问我：你还在写吗？